DREAMBOOKS★

신화의 전장

의

전장

dream
books
드림북스

신화의 전장 10

초판 1쇄 인쇄 2020년 5월 26일
초판 1쇄 발행 2020년 6월 9일

지은이 박정수
발행인 오영배
편집 편집부
일러스트 엑저
본문 디자인 오정인
제작 조하늬

펴낸 곳 (주)삼양출판사 · 드림북스
주소 서울시 강북구 도봉로 173
대표 전화 02-980-2112 팩스 02-983-0660
편집부 전화 02-987-9393 팩스 02-980-2115
블로그 blog.naver.com/dreambookss
출판등록 1999년 3월 11일 제9-00046호

ⓒ 박정수, 2020

ISBN 979-11-283-9629-8 (04810) / 979-11-283-9403-4 (세트)

드림북스는 (주)삼양출판사의 판타지 · 무협 문학 브랜드입니다.

신화의 전장
10
MODERN FANTASY STORY & ADVENTURE
박정수 현대판타지 장편소설
dream books
드림북스

목차

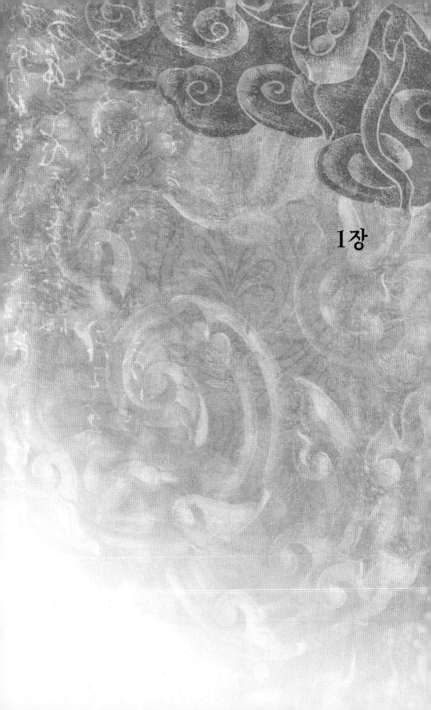

1장

……!

해태의 초가.

항상 산새 소리가 가득하던 그의 초가 주변은 이파리 하나 떨어지는 소리까지 들리지 않을까 싶을 정도로 적막감이 내려앉아 있었다.

싸한 기운이 초가를 넘어 산새를 가득 뒤덮고 있었기 때문이었다.

그러한 원인은 바로 해태.

그는 한없이 차갑게 보일 정도로 아무런 표정조차 보이지 않았다.

『그러니까, 내 손주가 생사를 장담할 수 없는 상태라 이건가?』

분노를 표해도 모자라지 않을 상황이건만.

오히려 해태는 아무런 감정도 내비치지 않았다.

"······그렇소."

그 모습은 비희에게 상당한 부담으로 다가오고 있었다.

『그 원인을 제공한 이가 그대의 동생이고?』

"막내의 형이기도 하오."

『그래서 내 목숨이 필요하다?』

"상황이 상황인지라, ······내 입이 두 개라도 할 말이 없소이다."

비희는 진심을 다해 허리를 숙였다.

"그리고 비단 해태, 그대만이 아니오. 상황에 따라 둘째 녀석의 목숨도 걸어야 하오."

『그리고 보니 이문의 권능이 치료였었군.』

"둘째가 중심을 잡고 그대를 태워 막내를 살린다고 하였소. 하지만 그것만으로는 장담 못 한다 하더이다. 그리되면 스스로를 태워 막내를 살려내겠다 하였소."

해태는 그 말에 고개를 주억거렸다.

누군가의 목숨을 가장 먼저 태워야 한다면 누가 생각해도 자신이 맞는 법.

'휴우—.'

해태가 수긍하는 기색을 보이자 비희는 안도의 한숨을 내쉬었다.

탁!

그때 해태가 쥘부채로 경상 모서리를 툭 쳤다.

『어차피 내 모든 걸 물려주려 했으니 깨진 목숨을 버리는 거야 뭔 대수이겠소만.』

비희는 서슬 퍼렇게 날이 서는 해태의 눈빛에 입술을 지그시 깨물었다.

『이 사달을 일으킨 이에게 죗값을 물어야 하지 않겠소?』

탁!

쥘부채로 다시 경상 모서리를 치자.

쿠웅!

묵직한 기운이 비희를 옥죄었다.

『모든 결과에는 책임이 따르는 법. 아니겠소?』

비희의 눈빛이 해태의 것처럼 차갑게 식어버렸다.

"진정 그리하여야겠소?"

『그 정도는 되어야 불민한 이 본신을 따르는 북성을 납득시킬 수 있지 않겠소이까?』

북의 찬란한 별, 북성.

그 세는 미약하다 하지만 그를 구성한 신들 하나하나가 절대 무시할 수 없는 천외천들이었다.

"해태."

비희가 해태를 불렀지만, 해태는 방문을 쳐다보며 입을 열었다.

《신비선녀와 설린이는 안으로 들어오너라.》

해태의 전음에 곧 방문이 열리고 신비선녀와 한설린이 안으로 들어왔다.

방 밖에서 들은 듯 방 안으로 들어선 한설린은 원망 가득한 눈으로 비희를 노려보았다.

『신비.』

"예."

『그대는 가서 사방장군들에게 소집 명령을 내리거라.』

"해, 해태 님."

『그리고 내 마지막 전언을 전하시게.』

"……."

『내 몸이 불타고 내 손주가 다시 깨어난다면……, 본신의 제단에 금예의 목을 올리라고.』

"해, 해태!"

이문이 큰 소리를 그를 불렀지만 해태의 표정은 평온했고, 목소리도 나긋했다.

『그리고 설린아.』

"예."

신비선녀에 비해 한설린은 흔들림 없는 똑 부러지는 목소리로 대답했다.

『너는 그 아이를 위해 본신과 함께 산화를 해야겠구나.』

"……어르신."

『왜, 안 되겠느냐?』

해태는 무심한 눈으로 되물었다.

『손주가 죽으면 너 또한 사멸할 터.』

"……."

한설린의 눈이 파르르 떨렸다.

『본신의 기운이 너를 통한다면 좀 더 안전하게 손주에게 기운을 전할 수 있을뿐더러, 너는 평생 그의 심장 속에서 살아갈 수 있음이야.』

자비로는 목소리였지만, 한없이 잔인한 목소리이기도 했다.

한설린은 심장이 꾹꾹 쑤시는 느낌에 고개를 숙이며 손으로 가슴 부근 옷자락을 움켜잡았다.

더 이상 그를 볼 수 없다는 사실에 벌써부터 가슴이 아파왔지만, 그가 죽는다는 사실은 더더욱 끔찍하고 고통스러운 일이었다.

"……그, 그리합지요."

『미안하구나. 내 너를 그리 이용하고자 키운 것은 아닌데 말이다.』

해태는 그녀의 손을 잡고 따뜻하게 다독였다.

"그럼 소녀는 몸가짐을 정갈하게 하고 다시 오겠습니다."

한설린과 신비선녀가 초가를 나서고, 해태는 다시 비희를 쳐다보았다.

『본신과 손주의 무녀가 목숨을 내놓았소. 이제 그대의 답을 듣고자 하오.』

해태의 말이 전해 주는 비참한 현실에 비희는 눈을 감았다.

"……이문 대신 금예를 내놓지요. 그 아이의 희생으로 막내가 살아난다면 그걸로 족하지 않겠소?"

비희는 마음을 굳히며 눈을 떴다.

"한꺼번에 동생 둘을 잃을 수는 없소이다."

더 이상은 양보할 수 없다는 듯 비희의 눈동자가 이글거렸다.

『알았소.』

해태는 그 눈을 지그시 바라보다 고개를 끄덕였다.

'하아―.'

해태가 자신의 의견을 받아들이자 이문은 안도의 한숨을 내쉬었지만, 동시에 가슴이 찢어질 듯 아파 왔다.

"내 먼저 가서 준비하고 있겠소."

『해 뜨기 전에 가겠소.』

비희는 고개를 끄덕인 후 그 자리에서 사라졌다.

✳　　　✳　　　✳

스워드 바.

긴 테이블에 비희와 이문, 애자와 중국 삼인방이 앉아 있었다.

"혀, 형님."

비희가 해태의 제안을 전하자 이문이 거칠게 항의했다.

"……."

그럼에도 비희는 어떤 변명도 하지 않았다.

"내 당장 해태를 찾아가 따지겠습니다!"

이문이 자리를 박차고 일어나자 그제야 비희가 입을 열었다.

"동생 둘을 잃을 수는 없다."

"형님!"

악에 받친 이문의 목소리에도 비희는 시선을 금예에게로 향했다.

"금예야."

"해태가 원하는 게 제 목이랍디까?"

금예는 평소 그답지 않게 진중하게 물었다.

"정확히는 너의 희생이지."

금예는 묵묵히 비희를 쳐다보다 고개를 들어 이문을 올려다보았다.

"형님."

"아무 말 말아라. 나 하나면 돼!"

이문의 말에 금예는 고개를 저었다.

"어차피 버릴 목숨이라면 형님보다야 사고만 치는 제가 더 적격 아니겠습니까?"

"금예야!"

이문이 버럭 소리를 질렀지만 이미 마음을 굳힌 금예의 표정은 그다지 변화가 없었다.

"제가 아무리 천방지축이라도 도리는 압니다. 결자해지라 했으니 제가 풀어야겠지요. 하지만, 형님."

금예의 목소리에 힘이 들어갔다.

"다만 허망한 죽음은 싫습니다. 저를 태우면 막내를 살릴 수 있는 겁니까?"

"금예, ⋯⋯너."

다부진 눈빛에 이문의 목소리에서 힘이 빠졌다.

"사실 막내가 왜 그렇게 악에 받쳐 저와 싸웠는지 곰곰이 생각해 봤습니다."

금예는 차분히 입을 열었다.

"이유야 여럿 있겠지만 결론은 돌고 돌아 단 하나더군요."

금예는 자리에 앉는 이문을 다시금 쳐다보며 입을 열었다.

"막내는 타고난 아버지의 후계자더군요. 욕심 가득한. 그 아이는 자신의 권위가 깨지는 걸 원치 않았던 겁니다."

금예는 씁쓸한 미소를 감추려는 듯 마른세수로 얼굴을 가렸다.

"단지 막내가 아버지의 복수를 하는 건 보지 못해 그건 좀 아쉽기는 하네요."

얼굴에서 손을 떼는 금예의 얼굴은 밝은 미소로 바뀌어 있었다. 그 미소가 왠지 모르게 슬퍼 보이는 건 왜일까.

"……금예야."

비희가 슬픈 눈으로 그를 쳐다보았다.

"그렇게 보지 마세요. 큰형님께 책임은 지라고 배웠습니다. 아닙니까?"

금예는 씨익 웃더니 자리에서 일어나 손뼉을 탁 쳤다.

"아직 시간이 남았으니 다들 술이나 한잔합시다."

그러더니 바로 가서 좋은 술과 잔을 주섬주섬 챙겨 돌아왔다.

"다들 웃으라고. 나는 가지만 막내가 돌아오잖아. 해태와 나 정도면 더 강해지지 않을까요?"

금예는 술병을 따 잔을 채웠다.

"그러면 아버지의 복수도 빨라지잖아."

여섯 개의 잔을 채운 금예는 각자 앞으로 잔을 밀었다.

"둘째 형."

금예는 반쯤 남은 병을 들어 흔들었다.

"남은 건 아버지 복수가 끝나는 날, 모닥불에 한 잔 뿌려줘. 그렇게 함께 마시자."

금예는 병뚜껑을 닫은 후 술잔을 들었다.

"크으! 좋다!"

단숨에 술잔을 비운 금예는 평소의 모습처럼 호들갑을 떨며 술맛을 느꼈다.

"뭐해? 다들 안 마시고. 형도 얼른얼른 비우고."

금예는 옆에 앉아 있는 공복에게 직접 술잔을 입으로 가져가며 얼른 마시라고 재촉했다.

"좋다. 술맛이 아주 좋다!"

공복이 잔을 비우자 용생구자 형제들도 술잔을 비워 갔다.

"꼭 모닥불에 한 잔 따르마."

탕.

마지막으로 이문이 술잔을 비웠다.

드르륵.

그리고 금예가 씨익 웃으며 자리에서 일어났다.

"기다려 주셔서 감사하오."

금예는 스워드 바 구석을 향해 허리를 숙였다.

스으윽—

하얀 연기가 피어오르더니 해태와 한설린, 그리고 사방 장군들이 모습을 드러냈다.

"나의 신이여."

한설린은 서글픈 울음을 머금으며, 바 중앙에 떠 있는 거대한 물덩이로 향했다. 그 안에는 죽은 듯이 잠들어 있는 박현이 떠 있었다.

"신이여."

한설린은 그 자리에 풀썩 주저앉아 몸을 바르르 떨었다.

해태는 그런 한설린을 지나 물덩이 앞에 다가섰다.

이문의 치료 기운에 박현의 외상은 깨끗이 나아 그저 깊게 잠든 것처럼 보였다.

하지만 보이는 게 전부는 아닐 터.

해태는 표면에 손을 얹었다.

그리고 조심스럽게 기운을 밀어 넣었다.

파지직!

그러자 자그만 불꽃이 튀며 해태의 기운을 맹렬히 밀어 냈다.

"안 하는 게 좋을 것이오."

해태가 미간을 찌푸릴 때 이문이 다가왔다.

아니나 다를까.

평온하던 물덩이가 급격히 요동치기 시작했다.

이문은 손을 뻗어 물덩이를 다시 가라앉혔다.

"본신의 기운이 아니면 그 어떤 기운도 받아들이지 않소. 그 마음을 모르는 바는 아니나 경솔한 짓이었소."

『사과드리리다.』

해태는 한 걸음 뒤로 물러났다.

『준비가 되면 말하시오. 본신과 이 아이는 준비가 되었으니.』

해태는 한순간도 박현에게서 눈을 떼지 않았다.

"나도 준비되었소."

『그럼 꾸물대지 말고 시작합시다.』

해태는 잠시 시선을 돌려 사방장군들을 쳐다보았다.

『내 가면 뒤를 부탁함세.』

삼태성과 백장군은 아무 말 없이 조용히 허리를 숙여 예를 표했고,

"나만 믿으시라요. 내 목숨을 걸고라도 해태 님의 유지

를 받들겠습네다.”

백두산 야차는 벌건 눈으로 가슴을 주먹으로 팡팡 치며
소리쳤다.

『암, 내 믿지. 야차 그대를 안 믿으면 누굴 믿나.』

“허망하게 이리 가시는 건 아님돠. 으아아앙!”

둔갑너구리는 해태에게로 달려가 허리를 부둥켜안으며
울음을 터트렸다.

『다 큰 녀석이 왜 이렇게 보채누. 세상사 오면 가는 법임
을. 세상 이치를 깨달은 녀석이 왜 생떼를 쓰나?』

해태는 둔갑너구리의 머리를 쓰다듬었다.

『잘 지내거라.』

“해, 해태 님.”

둔갑너구리는 손등으로 눈물을 훔치며 해태를 올려다보
았다.

해태는 그런 둔갑너구리에게 부드러운 미소를 비치며 몸
을 돌렸다.

『상태성.』

“예.”

『내 유지(遺志)를 부탁하네.』

그 말에 상태성은 금예를 흘깃 일견하며 허리를 숙임으
로써 대답을 대신했다.

『기다리게 해서 미안하오.』

마지막 인사 정도야 충분히 기다려 줄 수 있었다.

"시간을 좀 더 드리오?"

『아니오. 이만하면 충분하오.』

해태는 고개를 저었다.

『이 아이를 통해 내 기운을 넘길 참이오.』

해태의 말에 이문이 한설린을 쳐다보았다.

박현의 무녀.

동질의 기운.

그녀를 통한다면 해태의 기운을 더욱 순수하게 만들어 박현의 선천지기를 채울 수 있었다.

"내 앞에 서거라."

그 말에 한설린은 이문 앞에 섰다.

"그녀의 등에 손을 얹으시오."

해태도 이문의 말에 따라 한설린의 등에 손을 가져갔다.

"시작하리다."

한설린이 시선을 옮겨 박현을 눈에 가득 담으며 고개를 끄덕였고, 해태는 담담히 눈을 감았다.

후우우웅―

이문의 손에서 따뜻한 기운이 흘러나와 한설린의 몸을 감쌌다.

따뜻함도 잠시.

"흡!"

한설린은 한순간 기운이 몸에서 빠져나가자 눈을 부릅떴다. 빠져나간 기운을 대신해 그녀의 몸을 차지한 것은 해태의 기운이었다.

"끕!"

상상조차 해 보지 못한 거대한 기운이 그녀의 몸을 터트릴 듯 파고들었다. 끝없이 이어질 것만 같던 고통도 잠시였다. 그녀의 몸을 가득 채운 해태의 기운은 다시 이문의 손길에 이끌려 빠져나가기 시작했다.

'후우—.'

이문은 막대한 기운에 잠시 놀란 눈빛을 띠었지만 이내 차분하게 그의 기운을 자신의 몸으로 받아들였다. 그런 후 자신의 기운을 섞어 물덩이로 밀어 넣었다.

퉁!

그러나 물덩이는 이문의 기운마저 밀어냈다.

"……."

이문의 미간이 좁아졌다.

자신이 만든 치료의 물이 자신의 기운을 밀어낸다?

이런 경우는 단 한 번도 없었다.

이문은 다시 한번 더 기운을 밀어넣었다.

퉁—

역시나 가벼운 반발이 일어나며 기운을 다시 밀어냈다.

뭐라 할까.

더 이상 침범하지 말라는 듯, 단단한 철옹성처럼.

이문은 일단 해태의 기운을 돌려보낸 후 물덩이 앞에 섰다.

『무슨 문제가 있는 게요?』

기운을 회수한 해태가 물어왔다.

이문은 잠시 대답을 뒤로 미루고 순수한 자신의 기운을 물덩이로 밀어 넣었다.

후우웅—

부드럽게 기운이 들어가는가 싶더니.

투웅!

물덩이는 자신만의 기운인데도 더욱 거칠고 신경질적으로 튕겨냈다.

『이문!』

해태가 이문 곁으로 걸어와 좀 더 강한 목소리로 그를 불렀다.

"무슨 연유인지 모르나…… 외부의 기운을 거부하는군요."

이문의 말에 해태의 표정이 굳어졌다.

『외부의 기운을 거부하다니. 그럼 어찌 되는 게요!』

"본신의 느낌이 틀리지 않았다면 막내가 외부의 기운을 차단한 모양……."

콰르르르르르—

그때 갑자기 물덩이가 거칠게 요동치며 물속에 편하게 누워 있던 박현의 몸이 바로 세워졌다. 그런 그를 중심으로 물덩이가 회오리치듯 빠르게 회전하기 시작했다.

구륵 구르륵—

또한 잔잔한 물 표면에 들쭉날쭉 물덩이가 불룩거리기 시작하더니 마치 고슴도치처럼 뾰족한 침들을 바싹 세웠다.

"……!"

『……!』

놀랄 겨를도 없이 침들이 화살처럼 사방으로 뻗어나갔다.

푹— 푹!

가장 먼저 그 침에 관통당한 이는 이문과 한설린, 그리고 해태였다.

푹푹푹푹푹!

뒤이어 물덩이에서 뻗어나간 침들은 마치 거미줄처럼 한순간 스워드 바를 가득 채우며, 바 안에 있던 모든 이들의 몸을 꿰뚫었다.

                    *   *   *

　머리카락만 한 수천수만 가닥의 얇은 침(針)들이 스워드
바 안을 가득 채우며 반짝였다.

　"……!"

　"……!"

　『……!』

　수 개에서 수십 개의 침에 찔린 이들은 고통에 몸부림칠
법도 하건만, 그저 입만 벌린 채 아무런 목소리도 내지 못
하고 있었다.

　물이 만들어낸 새파란 침 안에 은은한 녹색을 띤 뱀의 독
이 햇살에 가려져 있었다.

　그 독이 치유의 힘과 만나면서 마비 증상을 만들어낸 것
이었다.

　그렇기에 용생구자도, 사방장군도 고통도 느끼지 못했을
뿐더러 움직이지도 못했다.

　《이, 이게 어찌 된 일이지?》

　《막내는 천급이지 않았나? 그런데 어찌…….》

　《사독(蛇毒)이군.》

　《거기에 이문 오빠의 치료가 더해져서…….》

　《그렇다 해서 우리뿐만 아니라 사방장군들까지 손가락

하나 까딱일 수 없을 정도로 마비가 오나? 아무리 바탕이 이문 형님의 힘이라고 해도 말이야. 잘 봐줘야 겨우 천외천에 발도 아닌 발가락 하나 겨우 걸쳐 볼까 하는 수준인데?》

《흠…….》

비희의 전음.

《……?》

《……?》

《……?》

용생구자의 온 신경이 비희에게로 쏠렸다.

《우리가 모르는 무엇. 아버지의 권능이 아닐까?》

《……!》

《……!》

《……!》

마비가 되어 눈이 크게 떠지지는 않았지만 동공만은 활짝 확장되었다.

《그렇다면 말이 되네요. 저치들도 꼼짝 못 하는 것을 보면.》

이문의 말에 용생구자의 신경이 구석으로 향했다.

구석에는 사방장군들이 마치 얼음 땡 술래잡기에서 해괴한 자세로 얼음 자세를 취한 것처럼 몸이 굳어 있었다.

일부러 하라 해도 못 할 그 자세는 만약 용생구자들에게 마비가 오지 않았다면 절로 폭소를 터트릴 만큼 우스꽝스럽기 그지없었다.

사실 그들은 자신들보다 더 황당할 것이다.

《이게 어찌 된 일인지 물어봐도 되겠소?》

그들도 자신들처럼 어느 정도 말이 오갔던 모양인지 해태가 대표로 물어왔다.

《솔직히…… 잘 모르겠소.》

이문.

《흠.》

해태는 잠시 침음을 삼켰다.

그리고 그 침음은 침묵을 불러왔다.

《이대로 계속 있어야 하는 건 아니겠죠?》

말이 씨가 된다고 했던가.

스스슷!

애자의 말이 끝나기가 무섭게 미세한 파음이 그들의 귓가를 파고들었다.

그건 뭐라고 해야 할까?

마치 숲속에서 뱀이 움직이며 바스락거리는 소리처럼 들린다고 해야 할까?

《저, 저기!》

곧 애자의 기겁성이 터져 나왔다.

물덩이에서 새로운 가시가 뾰족하게 튀어나오기 시작했던 것이었다.

엄지손가락보다 조금 굵은 가시는 요사스럽게 뻗어 나와 한설린의 복부로 파고들었다.

"......!"

고통 때문인지, 아니면 다른 이유가 있었던지 한설린의 동공이 크게 확장되었다.

스스스슷!

잠시 후 가시는 한설린의 등으로 튀어나왔다.

그런데 튀어나온 건 가시가 아니라 머리카락보다 조금 더 굵은 침이었다.

침의 숫자는 열넷.

용생구자 일곱에, 해태와 사방장군들의 숫자와 똑같았다.

한설린의 등에서 나온 침은 마치 뱀처럼 꿈틀거리며 바 안에 있는 이들의 앞으로 다가갔다.

《......설마.》

이문의 말을 끝으로.

침들은 마주 선 이들의 복부로 파고들기 시작했다.

그리고 침들은 복부 안, 자그만 구슬, 내단으로 파고들었다.

《끄읍!》

《꺼억!》

《끄으으으!》

침이 내단으로 파고든 고통은 상상 이상으로 고통스러운 듯 다들 눈에 핏발이 섰다.

단 하나.

아니 둘.

해태와 한설린은 비록 고통에 눈가가 찌푸려졌지만 기꺼이 고통을 감내하는 모습이었다.

새파란 침은 마치 모기가 피를 빨 듯 신들이 내단에서 선천지기를 뽑아내기 시작했다.

각자의 모습이 다르고 권능이 다르듯 그들의 내단에서 뽑아내는 선천지기의 색도 제각각이었다.

형형색색의 선천지기는 침을 통해 다시 한설린에게로 모여들었다.

"아~~~~~~!"

열넷의 기운이 한설린에게로 스며들자 그녀의 눈에서 신광이 터지며 청아한 목소리가 터져 나왔다.

《……!》

《……!》

그 모습에 신들은 고통도 잊으며 눈을 부릅떴다.

혹시나 싶어 목소리를 내보고 몸을 움직여 보려 했지만 마비된 몸은 풀리지 않았다.

　　"아~~~~~~!"

그러는 사이에도 한설린의 목소리는 계속 이어졌다.

팟!

그리고 한순간 그녀의 몸에서 엄청난 황금색 빛이 터졌다. 한설린을 지켜보던 모든 신들은 한순간 눈이 머는 게 아닐까 느낄 정도로 강렬한 빛이었다.

태양처럼 밝던 빛도 시간이 흐름에 따라 서서히 사그라지고.

한설린을 두른 빛이 은은하게 바뀔 때쯤 그녀와 박현을 잇는 굵은 가시로 황금빛 기운이 박현에게로 흘러들어 가기 시작했다.

《혀, 형님!》

황금빛 기운이 박현에게로 스며들자 그를 두른 청아한 쪽빛 물덩이가 마치 금가루를 한껏 머금은 것처럼 찬란한 황금색으로 변해 갔다.

물덩이에 담긴 자신의 기운이 한순간 사라지자 이문은 놀라 비희를 불렀다.

《흠.》

비희는 그것과는 다른 의미로 침음을 흘렸다.

황금빛은 아버지의 색이 아니었다.

순백(純白)이자 순흑(純黑).

어떤 색도 끼어들지 않아 보고 있으면 하얀색인지 검은색인지 알 수 없는 순수한 색이 아버지의 색이었다.

《……!》

동시에 해태는 다른 의미로 소리죽여 침음을 삼켰다.

다른 누군가에게 들키지 않기 위해.

그러면서도 해태는 움직이지도 않는 목울대 너머로 마른침을 삼켰다.

이내 눈이 벌겋게 달아오르더니 눈가가 촉촉하게 변했다.

'어찌하여……'

해태는 기쁨과 슬픔이 교차된 눈으로 박현에게서 시선을 떼지 않았다.

그리고 다시 비희.

황금빛이 진해질수록 비희의 눈이 차갑게 가라앉기 시작했다.

"꺄아아악~~~!"

그때 청아한 목소리가 어느 순간 고통으로 가득 찬 비명으로 바뀌었다.

그러자 가장 먼저 한설린과 박현을 잇고 있던 황금빛 가시의 색부터 바뀌기 시작했다.

황금빛은 빠르게 지워지며 검고 흰 색이 마구 널뛰기하듯 제 색을 드러내기 시작했다.

어느 순간부터 검은색인지, 하얀색인지 모를 정도로 순수한 색은 순수한 만큼 광폭했다.

"꺄아아악~~~!"

그 광폭함이 거칠어질수록 한설린의 입에서 흘러나오는 고통에 찬 비명은 더욱 커져만 갔다.

그리고 그 광폭한 순백은 물덩이마저 순식간에 집어삼키며 완벽하게 황금빛을 지워버렸다.

그리고 남은 것은 포악한 순수뿐이었다.

'아—.'

아버지의 색을 보자 안도의 한숨이 비희의 내심에서 흘러나왔다.

동시의 의구심이 들었다.

아버지의 색을 이었으니 적자가 분명한데.

'황금빛 기운은 또 무엇이란 말인가?'

비희의 생각은 꼬리에 꼬리를 물다 막내의 어머니이자, 아버지의 짝으로 이어졌다.

황금빛을 가진 신.

'어떤 신과 짝을 이루셨기에.'

비희는 중단했던 아버지의 행적을 좇는 일을 다시 이을 필요가 있다 생각했다.

생각해 보니 자신이 막내에 대해 너무 모른다 싶었다.

'해태라면 알고 있지 않을까?'

볼 수 있다면 해태의 표정을 보고 싶었지만 그의 시야에 들어오는 건 오로지 해태의 뒤통수뿐. 그의 표정을 볼 수 없다는 사실이 아쉬울 따름이었다.

이문은 다시 박현에게로 시선을 가져갔다.

광폭하던 기운은 서서히 사그라져 갔고, 그에 맞춰 물덩이의 크기도 서서히 작아져 갔다.

거기에 맞춰 강제로 내단에서 뽑혀져나가던 선천지기의 흐름도 뚝 멈췄다.

이곳을 차지하고 있는 신들의 수가 제법 많아서인가.

더불어 모두가 천외천의 신들이라서 그런가.

생각보다 빼앗긴 선천지기의 양은 그다지 많지 않았다.

비희는 안도의 한숨을 삼켰다.

'이제 슬슬 끝인 모양이군.'

비희가 그리 예상할 때쯤이었다.

쿵!

묵직한 파음이 만들어지며 크기가 작아진 물덩이가 순식간에 2배 크기로 커졌다가, 그만큼 빠르게 다시 작아졌다.

《꺼억!》

《흡!》

동시에 신들의 동공은 부릅떠지고, 찌릿한 고통이 등골을 타고 머리를 흔들었다.

물덩이가 커진 순간, 역으로 광폭한 순수의 흑백 기운이 가시를 넘어 침을 통해 신들의 내단으로 스며들었기 때문이었다.

《……!》

《……!》

신들의 눈동자가 파르르 떨렸다.

순간 그들은 알 수 있었다.

자신의 몸속에, 아니 또 하나의 목숨이기도 한 내단에 폭탄이 하나 심어졌음을.

스르르르—

제 할 일을 다 마쳤다는 듯 내단을 침범한 침이 빠져나갔고, 동시에 그들의 몸을 완전히 옭아맸던 거미줄 같던 침들도 서서히 물덩이로 되돌아갔다.

콰당!

마지막으로 한설린의 몸을 꿰뚫었던 가시마저 사라지자 그녀는 힘없이 바닥으로 쓰러졌다.

자유를 찾은 신들은 여전히 물덩이 안에서 평온하게 잠

들어 있는 박현을 복잡한 눈으로 쳐다보았다.

지금 와서 빼앗긴 선천지기의 양이 적고 많고는, 아니 목숨만큼 소중한 선천지기를 빼앗긴 것 따위는 중요하지 않았다.

중요한 건.

자신들의 내단에 심은 광폭한 순수의 기운.

바로 그것이었다.

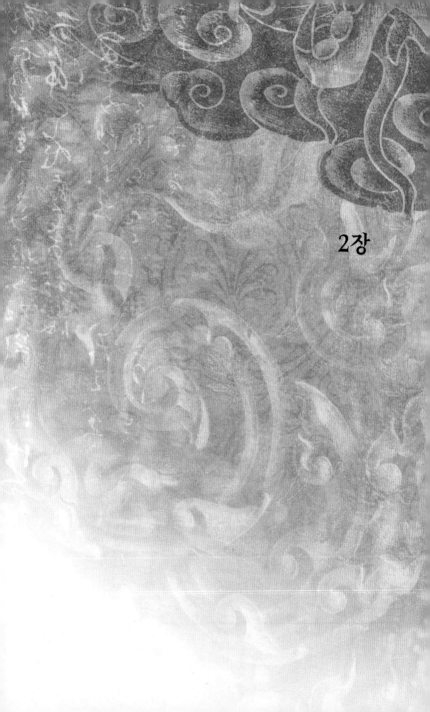

2장

황금빛에 가려진 그림자가 자신을 내려다보고 있었다.

『앞…… 네 길…… ……움……, 오…… 앞…… ……걸어……』

그림자가 뭐라 많은 말을 했지만 의식이 깜빡이며 멍한 터라 뭐라 했는지 기억조차 나지 않았다.

그렇지만 마지막 말 한 마디.

『*잘했다, 나의 아들아.*』

'……?'

그 말 한 마디만큼은 귀에 박혔다.

"……!"

박현은 눈을 부릅떴다.

'아버지?'

순간 숨이 턱 막혔다.

그건 바로 자신을 감싸고 있는 물 때문이었다.

물결에 일그러진 시선이 느껴졌다.

자신을 향한 시선은 어딘가 모르게 불편하기 짝이 없었다.

팡!

박현은 불쾌함에 낯을 찌푸리며 단숨에 기운을 터트려 물을 날려버렸다.

"후우—."

박현은 가볍게 숨을 내쉬며 자신을 쳐다보는 이들을 쳐다보았다.

'음?'

그들에게서 느껴지는 기운은 어딘가 조금 묘했다.

특유의 기운 속에 이질감이 느껴진다고나 할까?

순간 박현의 머릿속에 웅얼거리듯 흐릿했던 목소리가 선명하게 바뀌었다.

『너는 제왕(帝王)이다. 제왕에게 탐욕이란 없다. 원래 너의 것이니 가져라!』

그리고 그 목소리는 하나의 기억을 떠올리게 만들었다.

아니 정확히는 기운의 흐름이었다.

상처 입은 기운은 갈증과 탐욕으로 자신을 치유해 줄 새로운 기운을 찾아 손을 뻗었다.

『허나 덕을 보이고 자비를 베풀라.』

무자비하게 기운을 흡수하던 내단은 그 순간 힘을 조절해 큰 무리 없이 기운을 받아들여 부서진 몸을 다시 복구시켰다.

아버지의 목소리는 그게 끝이 아니었다.

『그리고 수단과 방법을 가리지 말고 굴복시켜라. 그게 제왕의 권좌다!』

'열셋.'

자신을 지켜보고 있는 눈의 숫자 또한 열세 쌍.

그들의 몸에 자신의 기운을 심었다.

아주 작지만, 결코 작을 수 없는.

턱 밑 비수와도 같은 기운을.

『뭘 그렇게 생각이 깊은 게냐?』

해태의 목소리가 아버지의 기억을 흩트렸다.

"아닙니다, 할아버지."

박현은 씨익 웃음을 지어 보였다.

동시에 그의 눈은 다른 신들을 천천히 훑어나가기 시작했다.

　　　　　*　　　　*　　　　*

노을이 드리운 늦은 오후.

봉황전.

어좌에 봉과 황이 나란히 앉아 있었다.

그리고 그 앞에 장로 불가사리와 두억시니 대두령 흑개가 무릎을 꿇고 엎드려 있었다.

"잘 다녀왔느냐?"

봉의 물음.

"폐하의 위엄이 하늘에 있음에, 검계주의 친필 사과문을 받아왔사옵나이다."

"사과문?"

의외라는 듯 봉의 목소리 끝이 살짝 올라갔다.

흑개가 품에서 서신 한 장을 꺼내자 쥐소리귀신 내관 하나가 그 서신을 곱게 받아 어좌 위로 올려 보냈다.

사라락—

곱게 접힌 종이가 펼쳐지고 봉은 서신을 읽어 내려갔다.

'……어떻게?'

필방은 도저히 믿을 수 없는 눈으로 봉이 들고 있는 서신을 바라보았다. 그리고 불가사리와 흑개를 쳐다보았다.

'큼.'

불가사리는 비록 소리를 내지는 않았지만 분명 헛기침을 내뱉으며 자신의 시선을 외면했다.

'……?'

그리고 흑개.

그는 턱을 든 채 자신을 바라보고 있었다.

'건방진.'

필방은 미간을 찌푸리다가 흑개 눈에 담긴 적의를 읽어낼 수 있었다.

감히 자신에게 적의라.

봉황회와 검계에 쫓겨 중국까지 도망친 것을 거둬 이만큼 키워줬더니.

'감히 내게…….'

생각이 이어지던 필방의 눈동자가 짧지만 흔들렸다.

'아니, 그보다 어떻게 멀쩡하게 돌아온 거지?'

죽어서 돌아왔어야 할 놈이.

필방은 계획이 뒤틀리자 눈매를 가늘게 만들며 쥘부채를 꾹 움켜쥐었다.

그러고 보니 진작 복귀했어야 할 독각귀들이 소식이 끊겼다.

슬금슬금 불안함이 기어올라 왔다.

'아니야.'

필방은 내심 고개를 저었다.

아무리 그나마 말귀를 알아먹는 독각귀와 독적이라고 하여도 마적 떼처럼 살아온 악귀들이었다.

'또 어딘가 처박혀서 향락을 즐기고 있을 게야.'

톡톡!

그의 상념을 깬 건 바로 봉이었다.

봉은 검계에서 보낸 서신을 황에게 넘겨주며 필방을 빤히 내려다보며 입을 열었다.

"부회주."

"예, 폐하."

"어째 그대의 표정이 그리 좋아 보이지 않는군."

"아, 아니옵니다."

"장로와 흑개를 검계에 보낸 것이 그대인데, 그렇다면 기뻐해야 정상이거늘."

필방을 내려다보는 봉의 눈매가 가늘어졌다.

그때 어수선한 소리가 들리더니 어린 내관이 거친 숨을 애써 숨기며 필방 곁으로 다가왔다.

"무슨 일이냐?"

봉이 낯을 찡그리자, 서 상선이 손짓으로 그냥 말을 하라 시켰다.

"그게 말이옵니다."

어린 내관이 머뭇거리자 봉은 턱에 손을 괴며 눈가를 찌푸렸다.

더 이상 머뭇거렸다가는 봉의 화로 인해 크게 경을 칠 터.

서 상선의 손이 더욱 분주하게 흔들렸다.

"대두령 독적의 수급이……."

"뭐, 뭣이라? 수급? 방금 독적의 수급이라 했느냐?"

너무 놀란 나머지 필방은 장소를 잊고 목소리를 키웠다.

"다시 말해 보라."

그런 그의 정신을 다시 제자리로 돌린 것은 봉의 음성이었다.

"시, 신이 결례를 범했나이다."

쿵!

뒤늦게 정신을 차린 필방은 재빨리 바닥에 머리를 찧었다.

"대두령 독적의 수급과 독각귀들의 시신이 궁 앞에 놓여 있사옵니다."

"흠."

봉은 턱을 괸 채 필방을 내려다보았다.

'도, 독각귀들이 시신이 되어 돌아와?'

바닥에 엎드려 있는 필방의 뺨이 파르르 떨렸다.

동시에 흑개의 표정이 머릿속에 떠올랐다.

'이, 이놈이? 혹시?'

필방의 손이 자연스레 말아 쥐어졌다.

"필방."

"……예, 폐하."

"어찌 된 일인가?"

그의 목소리는 평소와 달랐다.

짜증이 묻어나는 질책성 발언이었다.

"그것이……."

"검계에서 좋은 답서가 오지 않을 거라 하였었지?"

"그, 그러하옵나이다."

"대별왕의 흔적도 곧 찾을 수 있을 거라 하였고."

"……그, 그것이."

"흠."

봉의 입에서 묵직한 침음성이 흘러나왔다.

"필방."

잠시 시간을 두고 봉이 필방을 불렀다.

"예, 폐하."

"짐의 눈높이가 높아진 것인가? 아니면 그대가 앉은 자리가 그대에게 어울리지 않는 것인가?"

"……!"

전과 달리 차가움이 언뜻 느껴지는 봉의 말에 필방의 눈이 부릅떠졌다.

바르르.

눈동자가 요동쳤고, 그 떨림은 팔과 다리로 이어졌다.

"어째 그대는 회에 들어온 뒤로 짐의 마음에 차지 않는지 모르겠어."

"폐, 폐하! 소신은⋯⋯."

"아아!"

봉은 손을 들어 필방의 말을 막았다.

"그대를 타박하는 게 아니야. 그대는 짐에게 충실한 신하가 아니더냐. 좀 더 힘을 내보라는 말이야."

분명 자신을 격려하는 말이 분명할진대.

봉의 목소리는 왜 이리 차갑게 다가오는 것인지.

순간 고개를 들어 봉의 눈을 보고 싶다는 생각이 들었다.

격려를 하는 만큼 따뜻한 눈으로 자신을 내려다보고 있는 것인지, 아닌지 확인해 보고 싶었다.

하지만 결국 필방은 고개를 들지 못했다.

"다시는 실망시키지 않겠사옵나이다."

차가운 눈빛이 있을 것만 같았기 때문이었다.

　　　　　　*　　　　*　　　　*

툭툭툭!

비희는 검지로 탁자를 두들기고 있었다.

"그래도 다행이지 않아요?"

초도.

"그래, 일단 수습이 잘 되기는 했지."

"그래도 영 신경이 쓰입니다, 형님."

이문의 말에 공복이 하복부를 손으로 쓰다듬으며 미간을
찌푸렸다.

그 말에 다들 미간을 찌푸리거나 공복처럼 하복부를 손
으로 쓰다듬거나 했다.

"그래도 막내도 살아났고."

공복은 금예의 어깨에 손을 턱 얹었다.

"어차피 우리의 주군이 될 막내가 아닙니까?"

"그런가?"

이문은 고개를 들어 천장을 올려다보았다.

"그렇군."

그러더니 고개를 끄덕이며 납득하는 모습을 보였다.

"그래도 놀랐어요. 그렇게 흉포하게 기운을 빼앗아갈 줄
은."

애자가 당시 고통이 잠시 떠올랐는지 낯을 살짝 찡그렸다.

"꼭 아버지 같았어요. 안 그래요, 오라버니들?"

"그러고 보니 그렇군. 무자비했지."

포뢰가 아버지를 회상하는 듯 먼눈을 떴다.

"그래도 인자했어요."

애자는 그리움을 담아 아랫배를 문질렀다.

"확실히. 거칠기는 했지만."

"우리야 혈연이라 믿을 수 있지만, 북성의 애들 얼굴 봤습니까?"

금예.

"표정이 장난 아니었지."

공복이 이죽대자.

"크크크크."

"푸하하하하!"

"크크크, 호호호호!"

한바탕 웃음이 터져 나왔다.

"과연 아버지의 후계자다웠어."

이문도 씨익 웃음을 드러냈다.

"조용."

홀로 깊은 생각에 잠겨 있던 비희가 입을 열었다.

"포뢰."

"왜 그러십니까?"

"너는 다시 중국으로 돌아가서 아버지의 행적을 다시 찾아봐."

"예?"

"그리고 애자, 너는 일본으로 가서 폐안에게 아버지의 행적을 다시 뒤지라고 해."

비희는 포뢰의 반문을 잘라버리고 애자에게 명령을 내렸다.

"오, 오빠?"

차가운 목소리에 애자의 얼굴에 의문이 가득 차올랐다.

"막내가 황금빛을 드러냈어."

"그건 막내의 특유의 기운이 아니야?"

애자의 물음에 비희는 고개를 저었다.

"막내는 우리와 다르다. 아버지의 피를 고스란히 이어받았지. 결코 다른 색이 섞이지 않아야 옳아."

비희의 말에 용생구자들의 표정이 굳어졌다.

"하, 하지만 분명 순수한 색은 아버지의 것이 분명했어."

애자.

"나도 안다. 허나 순수한 아버지의 색에 섞여서는 안 될 색이 섞여버렸어. 황금빛…… 마음에 걸려."

비희의 말에 다들 표정이 조금은 진중해졌다.

"일개 무녀를 통해 이어진 기운이 아니야."

"그럼?"

"서, 설마 다른 신을 짝으로 지었다는 거야?"

"……."

비희는 뭔가 말을 하려다 고개를 저었다.

"그건 이제부터 알아봐야지. 그러니 찾아봐. 아버지의 행적을 다시 되짚어봐."

비희의 눈빛은 차가울 만큼 냉정하게 가라앉아 있었다.

그 시각.

해태의 초가.

"해, 해태 님."

"그 빛……."

사방장군들이 황금빛에 대해 입을 열려 할 때였다.

『조용!』

해태는 사방장군들의 입을 닫게 만들었다.

『오늘 본 건 머릿속에서 지우게. 반드시 지우게. 아셨는가?』

해태의 명에 사방장군들은 고개를 끄덕였다.

『그대들은 반드시 그 아이를 지켜야 하네. 목숨을 내놓는 한이 있더라도.』

해태의 눈빛은 시퍼럴 정도로 차갑게 번뜩였다.

*   *   *

혼자 남은 방 안.

해태는 양반다리를 한 채 깊은 상념에 빠져 있었다.

그러다 조용히 손을 뻗어 아랫배를 쓰다듬으며 슬며시 내단에서 기운을 끌어올렸다. 그러자 단단한 내단에서 실타래가 풀리듯 기운이 육신 곳곳으로 퍼져나갔다.

해태는 전신으로 흩어진 기운을 다시 모아 내단으로 집중시켰다. 내단 안에 자리 잡은, 자그만 좁쌀 크기의 이질적인 기운을 살짝 건드려 보았다.

캬하아아아아악!

그러자 이질적인 기운, 박현의 기운은 흉성을 터트렸다.

크기도 좁쌀만 한 것이 얼마나 포악하게 울어 젖히는지 순간 움찔할 정도였다.

해태는 그런 박현의 기운을 살살 달래며 기운을 거둬들였다.

그 순간 해태의 눈꺼풀이 파르르 떨렸다.

'용생구자들이 알게 될까?'

해태는 고개를 저었다.

흑백에 스며든 희미한 빛, 황금.

자신이니까 희미한 빛을 느꼈지, 용생구자라면 특별한 계기가 없는 이상 알아차리기 힘들 것이다.

막 생각이 마무리될 때쯤이었다.

"어르신."

신비선녀의 목소리라 방문 밖에서 들려왔다.

그 목소리에 해태는 조용히 눈을 떴다.

눈꺼풀 사이로 드러난 눈은 물기와 함께 살짝 충혈되어 있었다. 해태는 손으로 눈을 비빈 후 손바닥으로 얼굴을 쓸 어내렸다.

"들어오너라."

시간을 두고 마음을 가담은 후 입을 열었다.

이제 마냥 기다릴 수는 없다.

마지막 퍼즐, 그 퍼즐의 실체를 알고 있는 유일한 인물.

안순자.

마지막 퍼즐을 확인해야 할 시간이었다.

압력을 동원해서라도 그녀를 찾아야 한다.

　　　　*　　　　*　　　　*

"크하하하하!"

떡하니 전각 하나를 차지한 두억시니 일족.

대두령 흑개는 거만한 자세로 흑곰 양탄자를 깐 의자에 털썩 주저앉으며 오만한 웃음을 터트렸다.

"필방의 썩은 표정을 봤나?"

흑개는 두억시니 두령들을 쳐다보며 이죽거렸다.

봤을 리 없다.

봉황전은 허락받은 자들만 들어갈 수 있는 곳.

평소 흑개도 좀처럼 드나들 수 없는 곳인데, 하물며 두령 따위에게 봉황전은 언감생심인 곳이었다.

"필방의 썩어들어가는 표정을 네 녀석들도 봤어야 했는데."

"아깝습니다, 두목!"

"크으!"

몇몇 두령이 흑개의 말에 추임새를 넣었다.

"크크크크."

아부 아닌 아부에 흑개는 의기양양한 웃음을 지었다.

"대두령."

두억시니 두령들과 달리 왜소한 몸을 가진 두억시니가 흑개의 웃음을 잘랐다.

그의 성격상 기분 상한 표정이 드러나야 정상이건만 의외로 그는 순순히 왜소한 두억시니의 말에 귀를 기울였다.

왜소한 체격의 두억시니는 두억시니 일족의 책략가이자 주술사였다.

"대두령. 기분 좋은 것은 이 순간까지만 가지고 가시옵소서."

책략가 흑모는 담담한 목소리로 충고를 올렸다.

"이봐. 흑모, 아무리 그대가 두목의 예쁨을 받는다고 해도 이 순간에 그렇게 찬물을 끼얹을 필요가 있나?"

"말을 좀 가려라, 흑모!"

두령들이 저마다 흑모를 향해 이를 드러냈다.

"쩝. 됐어, 모두 조용히 해."

흑개는 손을 휙 저으며 두령들의 입을 닫게 만들었지만, 그래도 기분이 좋은 건 아닌지 슬쩍 혀를 찼다.

"대두령."

"말해."

"언제까지 남의 뒷구멍만 닦으실 생각이십니까?"

흑모의 말에 흑개의 눈가가 찌푸려지더니 이내 얼굴이 구겨졌다.

"야이, 이 새끼야. 내가 방금 말 가려 하라 했지? 뭐가 어쩌고 저째?"

두령 하나가 자리에서 벌떡 일어나 흑모를 손가락으로 가리키며 소리쳤다.

제법 서늘한 살기가 그를 뒤덮었지만 흑모는 담담히 그 기운을 흘렸다.

"야 이, 새끼야. 내가 조용히 하라고 했어? 안 했어?"

흑개가 그 두령을 향해 소리를 버럭 질렀다.

"그리고, 흑모."

흑개는 흑모에게도 소리를 키웠다.

"너도 말 좀 가려 해."

흑개의 잔소리에도 흑모는 별다른 표정의 변화 없이 담담하게 서 있을 뿐이었다.

"쯧. 이건 무슨 소귀에 경 읽기이니."

흑개는 한 손으로 머리를 짚으며 다른 손으로 얼른 말하라고 손을 저었다.

"대두령."

"어어, 듣고 있어."

누가 들어도 건성건성이었다.

"대두령!"

흑모답지 않게 목소리를 조금 키웠다.

그래 봐야 흑개에게는 그 소리가 그 소리였겠지만, 그래도 신경이 아예 안 가는 건 아니었다.

"말하라니까."

흑개는 짜증을 내며 흑모를 쳐다보았다.

"대두령."

"그래그래. 듣고 있으니까 그만 날 부르고 본론을 이야
기해!"

"언제까지 필방의 졸개 노릇을 할 생각이십니까?"

"야! 흑모. 너 이 새끼 내가 방금 말 가려서……."

"다시 뒤통수를 맞으려는 참이시옵니까?"

"……."

흑개의 얼굴이 화락 일그러졌다.

"지금이야 천운으로 벗어났지만 다시 그러지 말라는 법
은 없지요."

"젠장!"

기분 좋은 한 순간이었다.

필방이 파놓은 함정을 떠올리자 흑개는 이를 바드득 갈
았다.

"토사구팽(兎死狗烹)은 아시지요?"

"내가 아무리 무식해도 그것도 모를까 봐?"

"지금 대두령과 우리 일족이 토사구팽에 나오는 딱 삶겨
지기 직전인 개새끼 신세입니다."

"끄응."

흑개는 흑모의 지적에 아무 말도 못 하고 앓는 소리를 삼켰다.

"언제 다시 필방이 펄펄 끓는 물을 준비할지 모릅니다."

"나도 알아!"

흑개는 소리를 버럭 질렀다.

"위기에 기회가 온다고 했습니다."

"뭐 좋은 수가 있는 거냐?"

흑개의 눈이 초롱초롱하게 떠졌다.

"대두령도 앉아보셔야지요. 필방이 앉은 곳, 말입니다."

"너 지금?"

흑개는 너무 놀라 어벙벙한 표정을 짓고 말았다.

"왜요? 그 정도 그릇도 가지지 못하셨습니까?"

"내가 할 수 있을까?"

조금은 자신 없는 목소리로 되물었다.

"혈혈단신 필방도 했습니다."

"흠."

흑개의 표정이 심각해졌다.

더불어 자리를 함께하고 있는 두령들도 숨을 죽이고 둘의 대화에 귀를 기울였다.

"필방이 대두령과 달랐던 건 오직 둘뿐입니다."

"말해 봐."

흑개는 자세를 고쳐앉았다.

"우선 오갈 데 없는 일족들을 거뒀다는 것이고."

"빨리 말해. 그리고?"

흑개가 재촉하든 말든 흑모는 평소처럼 느릿하게 입을
뗐다.

"운 좋게 폐하를 지척에서 모셨다는 거지요."

"그래서?"

흑개는 이해하지 못한 눈치였지만 흑모는 그러려니 하고
말을 덧붙였다.

"고작 폐하의 곁에 있었을 뿐이고, 당시 오갈 데 없는 우
리를 꾀어낸 것뿐이라는 말입니다."

"요점만 말해. 요점만!"

둔해도 참으로 둔했지만 흑모는 조금도 답답해하지 않았
다.

적어도 표정에서는.

"대두령이라고 못할 것 없다는 뜻이지요."

"……."

"일단 필방을 제치고 다른 일족들과 회합을 가지십시오."

"다른 일족들과?"

"검계에서 있었던 일. 그거면 일족들의 마음을 돌리는
데 부족하지 않을 겁니다."

"흠."

흑개는 뺨을 긁으며 잠시 생각에 잠겼다.

"절호의 기회입니다. 없는 일을 만드는 것도 아니지요."

흑모는 입꼬리를 말아 올렸다.

"우선 견두 대두령부터 만나보시지요."

"견두부터?"

"친분이 두터우니 마음을 얻기 쉬울 겁니다. 그런 다음 나머지 재앙의 일족들을 포섭하시면 됩니다. 그 다음."

꿀꺽, 흑개는 마른침을 삼켰다.

"폐하께 다가서면 됩니다."

"그렇군."

"그렇습니다."

"그래! 필방도 한 것을 내가 못하리라는 법은 없지."

흑개는 팔걸이를 힘차게 내려쳤다.

"제가 만들어드리겠습니다."

흑모의 목소리는 달콤했다.

"일인지하 만인지상(一人之下 萬人之上)의 자리가 멀지 않았사옵니다."

흑개가 흥분을 참지 못하고 몸을 부르르 떨었다.

"또."

흑모는 목소리를 죽였다.

"검계와 협력 또한 구축하지 않았사옵니까?"

흑개의 눈이 흑모에게로 향했다.

"말 안 듣는 녀석들이 있으면 적당히 검계를 이용해 쳐내시고 필방에게 떠넘기면 됩니다. 그러면 폐하의 관심이 필방에게서 자연스레 멀어질 것입니다."

탁!

흑개는 무릎을 탁 쳤다.

"기발한 책략이 아닐 수 없군."

"하늘이 내려주신 자리입니다. 그걸 차지하지 않는다면."

"바보 멍충이지."

흑개의 말에 흑모는 그제야 담담하지만 미소를 드러냈다.

"쇠뿔도 단숨에 빼라고. 내 장자방의 조언대로 견두를 만나보러 가지."

흑개는 호쾌하게 자리에서 일어났다.

＊　　　＊　　　＊

박현이 안정을 찾자 비희가 스워드 바로 불렀다.

"부르셨습니까, 큰형님?"

"몸은 어때?"

"나쁘지 않습니다."

"그래도 혹시 모르니까 당분간은 안정을 찾아."

비희의 말에 박현은 고개를 끄덕였다.

"그나저나 조용하네요."

항상 시끌벅적했던 스워드 바가 조용하니 박현은 내부를 살피며 물었다.

"포뢰랑 공복, 금예는 중국에 급한 일이 있어 돌아갔다."

"금예가 미안하다고 전해·달라고 하더라. 다음에 보면 사과할게다."

이문이 비희와 박현이 앉아 있는 자리로 맥주가 가득 담긴 잔을 가져오며 말했다.

"형제끼리 싸우면서 큰다면서요?"

박현은 어깨를 으쓱하며 맥주잔을 들었다.

"그러고 보니 애자 누님도 안 보입니다."

"애자도 일이 있어서 일본으로 보냈어."

이문이 맥주를 내밀며 대답했다.

박현은 맥주잔을 받아들고는 시원하게 반을 비워냈다.

"안 물어봐?"

이문이 맥주잔을 들며 물었다.

"제가 알아야 할 일이라면 이야기해 줬을 거 아닙니까?"

"막내라는 놈이 귀여운 구석이 없어."

이문은 발로 박현이 앉아 있는 의자를 툭 차며 맥주잔을 입으로 가져갔다.

"이렇게 태어나서 죄송합니다."

박현은 나름 농담을 한다고 했지만 영 분위기를 밝게 만들지는 못했다.

"아저씨도 그런 농담은 안 하겠다."

이문은 피식 웃으며 잔을 내밀었다.

그리고는 둘이 잔을 쳤다.

"그런데 큰형님."

"……?"

"그냥 맥주 한잔하자고 부르신 건 아닐 테고."

"너 죽다 살아났어."

비희가 조용히 입을 열었다.

"앞으로 조심하겠습니다."

"너는 형제이면서도 훗날 우리를 이끌 적자야. 좀 더 신중했어야 했어. 그리고 확실히 몸에 이상 없다 싶을 때까지는 자중하라는 말을 하려고 불렀어."

"명심하지요."

박현은 고개를 끄덕이며 남은 잔을 비웠다.

분명 따뜻함이 담긴 충고이기는 한데, 자신을 향한 비희의 눈빛이 뭔가 달라졌음을 깨달았다.

'흠.'

하지만 박현의 표정과 행동에는 어떤 변화도 드러나지 않았다.

'그리고 다른 형제들이 자리를 비웠고.'

우연이라고 치부하기에 너무 공교롭다.

세상에 우연은 없다.

인과에 따른 필연이 우연으로 다가올 뿐.

"으아! 시원하다."

맥주잔을 비우며 기분 좋은 웃음을 짓는 박현의 눈빛은 착 가라앉아 있었다.

뒤통수를 간질이는 께름칙함 때문이었다.

그래서 더더욱 웃었다.

아무렇지 않게.

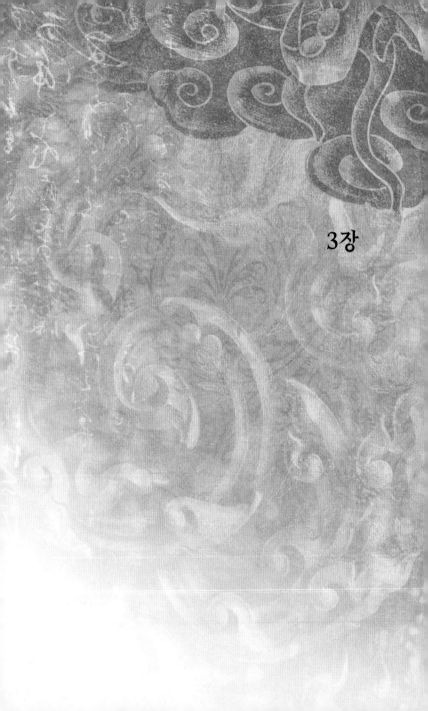

3장

"다들 오셨는가?"

두억시니 대두령 흑개는 양털이 깔린 상석에 앉아 점잔을 떨며 재앙의 일족 대두령들을 맞이했다.

"자리가 잘 어울리십니다그려."

야구자 일족의 대두령 견두.

그는 의도적으로 흑개를 띄우며 그의 바로 오른편에 앉았다.

"호호호, 소녀가 진작 흑 대두령이 듬직한 것은 알고 있었지만 이처럼 기품을 품고 있을지는 몰랐군요."

모란등롱 대두령 수란등이 교태를 부리며 잽싸게 왼쪽

의자를 차지했다.

"허엄."

그슨대 대두령 명귀가 머쓱하게 헛기침을 내뱉으며 남은
의자에 앉았다.

"내 일찍이 동지들을 초대했어야 했는데, 초대가 늦어
미안하외다."

흑개의 말에 대두령들은 눈을 동그랗게 떴다.

그의 어투도 그렇거니와 점잔을 떠는 행동 자체가 영 적
응이 되지 않았다.

그들이 알고 있는 흑개는 정말 좋게 표현해도 무식하고
악랄한 마적 떼의 두목 그 이상도 그 이하도 아니었다.

수란등의 눈이 빠르게 흑개 뒤에 서 있는 흑모에게로 향
했다.

두억시니 일족의 장자방.

흑개의 변신은 아마 그의 짓이리라.

"동지라니요? 당치도 않아요."

수란봉은 재빨리 미소를 지으며 흑개에게 아부 아닌 아
부를 떨었다.

"하하하하하."

그게 기분이 또 괜찮았던지 흑개는 호탕하게 웃음을 터
트렸다.

"호호, 호호호."

"하하, 하하."

견두와 명귀는 분위기에 눌려 어색하게 따라 웃었다.

쿠웅—

"나는 그리 생각한다네."

흑개는 가볍게 팔걸이를 쳐 신기를 흘리며 말했다.

"우리가 고향에서 쫓겨나 거칠고 추운 메마른 땅에서 함께 동고동락한 사이가 아니겠나. 그러니 어찌 그대들을 동지라 아니 부를 수 있을까."

"동지라도 우리를 이끌 이는 있어야 하지 않겠소."

명귀.

조금 전 인사를 제대로 건네지 못한 것이 마음에 걸린 것인지, 아니면 지금부터라도 적극적으로 흑개 옆에 붙으려고 마음을 굳힌 것인지 흑개를 치켜세웠다.

"험험."

흑개는 미소를 숨긴다고 애썼지만 숨기지 못했다.

하지만 셋은 미리 짠 것처럼 못 본 척했다.

"지금 그런 이야기보다 좀 더 건설적인 이야기를 나누심이 어떠신지요?"

흑모.

볼수록 신기한 두억시니였다.

두억시니에서는 태어나지 않을 돌연변이 종자였다.

"결국 장조는 오지 않았군."

장조.

닷발괴물의 대두령이었다.

"장조야 필방이 죽으라면 죽을 놈이니 너무 신경 쓰지 말아요."

수란등.

"그나저나 흑 대두령. 괜찮겠소?"

"뭐가 말이오?"

"필방이 알게 될 게 아니요?"

흑개는 셋뿐만이 아니라 장조에게도 넌지시 자신의 뜻을 알렸었다.

그리고 결과는 보다시피 거부.

당연히 흑개의 배신 아닌 배신은 필방에게로 전해질 것이다.

"닷발괴물이 쓸려나가면 혈혈단신 필방이 뭘 할 수 있겠소?"

흑개는 '킁' 하고 콧바람을 뀌었다.

"좋은 계책이라도 있는 겝니까?"

견두가 흑모를 슬쩍 일견하며 물었다.

그 질문에 흑개도 슬그머니 흑모를 쳐다보았다. 흑모가

짧게 고개를 끄덕이자 흑개는 진중한 얼굴로 입을 열었다.

"절대로 이야기가 밖으로 새어나가서는 안 되오. 아시겠소?"

흑개의 말에 견두와 수란등, 명귀가 긴장감을 내비치며 고개를 끄덕였다.

"이 몸이 검계와 밀약을 하나 맺었소이다."

"헉!"

"거, 검……."

수란등이 너무 놀라 '검계'를 입에 담을 뻔했다.

"그 부분은 제가 말씀을 드리지요."

흑모는 자연스럽게 대화에 참여해 필방의 치졸한 암계와 암계를 펼친 이유 등을 철저하게 두억시니와 재앙의 일족의 입장에서 말을 풀어냈다.

"고작 그딴 일로 목숨을 걸고 따른 우리를 팽하려 해!"

견두가 화를 이기지 못하고 거친 숨을 내쉬었다.

"그 치졸함이 검계도 못마땅했던지, 나에게 은근히 선을 대더군."

흑개는 턱을 살짝 들어 올리며 자랑 아닌 자랑을 했다.

"그것보다 우리 흑 대두령의 풍모를 알아본 게지요."

수란등.

그녀는 철저하게 흑개의 비위를 맞춰주었다.

"그래서 말입니다."

흑모가 말 한마디로 다시 흐트러진 분위기를 자연스럽게 잡았다.

*　　　*　　　*

"뭐라?"

감서가 전해 준 말에 필방은 버럭 소리를 질렀다.

"지금 재앙의 일족들이 두억시니의 전각에서 회합을 하고 있단 말이냐!"

"찍— 찍—."

감서는 겁에 질린 듯 몇 번 울음을 내뱉은 후 꼬리를 말며 사라졌다.

"그냥 모이지는 않았을 터."

필방은 대전에서 보인 흑개의 건방진 눈빛이 떠올랐다.

"까드득!"

필방이 이를 갈 때였다.

"주군."

그때 닷발괴물 대두령 장조가 안으로 들어왔다.

"무슨 일인가?"

"긴히 드릴 말씀이 있사옵니다."

필방 앞에 앉은 장조는 심각한 표정으로 입을 열었다. 순간 필방의 머릿속에 흑개가 스쳐 지나갔다.

"흑개의 일이더냐?"

싸늘한 목소리.

"그렇사옵니다. 흑개뿐만이 아니라 미천한 재앙의 일족들이 주군에게 받은 은혜도 잊고 배은망덕한 일을 꾸미려는 듯합니다."

그 말에 필방의 눈에서 살심이 터지고 말았다.

*   *   *

집으로 돌아온 박현은 소파에 반쯤 누워 오늘 비희, 이문과 스워드 바에서 지낸 시간을 천천히 복기하고 있었다.

완전기억능력, 순간기억능력 등 여러 이름으로 불리는 포토그래픽 메모리(Photographic Memory) 능력을 가지고 몇 장면의 사진과도 같은 기억에서 비희의 얼굴을 살폈다.

'확실히 이상해.'

오늘 저녁 께름칙함에 본능적으로 웃음과 넉살이라는 가면을 썼었다.

그리고 지금 확인해 보니 잘한 선택이었다.

문제는 '왜?' 라는 것이다.

비록 지내온 시간이 길지는 않지만 든든한 후원자였고, 따뜻한 가족이었다.

그런 그가 눈빛에 무언가를 담아 자신을 지켜봤다.

그리고 담긴 무언가는 상당히 부정적인 것이었고.

'이유가 뭘까?'

이유는 찾지 못했지만, 계기는 찾아냈다.

사경 속에서 아버지를 본 순간.

그 후였다.

'내단에 내 기운을 심어서인가?'

처음에는 그럴 수 있다 싶었지만, 좀 더 깊게 생각하자 아니었다. 그 날 내단에 자신의 기운이 심어진 신들은 비단 용생구자만이 아니었다.

은연중에 북성을 견제하는 용생구자 입장에서는 오히려 좋아하는 게 맞다. 왜냐하면 확실하게 나의 지배하에 놓일 테니까.

'그럼 이건 아니라는 건데.'

박현은 좀 더 회상을 뒤로 돌려 아버지의 음성에 깨어났던 날, 선명한 사진의 기억을 떠올렸다.

몇 장의 사진을 떠올리니 확실히 그 날 그 시각, 용생구자는 처음에는 당황과 불편함을 내비쳤지만 시간이 조금 더 흐른 뒤에는 오히려 기뻐하는 모습이 역력했다.

단 한 명.

비희를 제외하고.

'흠!'

박현의 미간이 찌푸려졌다.

그날 비희의 표정처럼.

'왜?'

어째서인지 자신을 바라보는 비희의 눈빛은 차갑게 시렸다.

도저히 이해할 수 없는 그의 표정에 사진의 기억 몇 장을 떠올렸다. 그리고 북성 신들의 표정을 살폈다.

'좋아한다?'

처음에는 당황했고, 잠시 뒤 불쾌함이 드러났지만, 이내 북성은 용생구자의 눈치를 살피며 은밀히 기쁨을 드러내고 있었다.

박현은 그 순간 해태를 살폈다.

그의 눈시울은 붉어져 있었다.

자신이 깨어나서?

그럴 수도 있지만 그렇다 보기에는 해태에게서 느껴지는 감정은 너무 벅차 보였다.

박현은 그 순간 전후로 기억을 좀 더 잘게 쪼개서 살폈다.

그러다 비희가 차가운 눈으로 해태를 잠시 쳐다보며 눈살을 찌푸리는 장면이 포착되었다.

그 다음 사진은 자신을 향한 시선이었다.

'할아버지와 나를 동일시한다?'

여기에 분명 힌트가 있었다.

'달라진 것. 달라진 것.'

박현은 관자놀이를 지그시 누르며 생각에 잠겼다.

'아버지?'

박현의 눈가가 꿈틀거렸다.

얼굴을 보지 못했다.

너무나도 강렬한 황금빛에 가려져서.

우당탕탕탕!

박현은 눈을 부릅뜨며 자리를 박차고 일어났다.

'황금빛.'

"너무나도 순수하기에 빛도 어둠도, 백과 흑도 모두 가지신……, 아버지는 그냥 용이시다."

비희가 처음 만났을 때 했던 말이다.

그리고 아버지를 회상할 때마다 비희는 순수한 흑과 백, 그래서 무색인 아버지의 기운을 자랑스러워했다.

그런데 분명 아버지는 황금빛을 가지고 있었다.

황금빛이 순수한 색에 속하는가?

순수하다면 순수할 수 있지만, 흑과 백으로만 이뤄진 무색에 속하냐고 다시 묻는다면 대답은 '결코 아니다.'라고 대답할 수밖에 없었다.

아버지를 보았을 때는 막 치유가 되고 있던 터라 수면마취라도 한 듯 몽롱했고, 무슨 일이 일어났는지 정확히 기억나지는 않았다. 하지만 언뜻 자신은 그 황금빛을 받아들였던 것 같았다.

그랬다면 무의식으로 황금빛을 드러냈을 것이고.

'황금빛?'

박현은 순간 무언가 떠오른 듯 허겁지겁 거울 앞으로 달려나갔다.

그리고는 거울을 양손으로 움켜잡았다.

"후—."

짧지만 힘있게 숨을 내쉬며 눈을 감았다.

그리고는 신력을 끌어올렸다.

신력을 끌어올리자 이제는 자연스럽게 박현의 몸 주위로 흑백의 기운이 태극처럼 합쳐지고 흩어지기를 반복하며 넘실거렸다.

박현은 거울을 잡고 있는 손에 힘을 꽉 주며 눈을 떴다.

"……!"

거울에 비친 자신의 눈동자 속, 자그만 동공은 황금빛으로 물들어있었다.

흑백 기운 안에서.

퍽— 와장창창창!

박현은 입술을 질끈 깨물더니 주먹으로 거울을 깨트려버렸다.

'씨발, 도대체 나는 뭐야?'

분노가 치밀자 그의 눈에서 황금빛 기운이 넘실넘실 뿜어져 나왔다.

*　　*　　*

흑개는 거만하게 앉아 앞에 놓인 찻잔을 들었다.

"쩝."

녹차를 한 모금 마시더니 미간을 찌푸리며 입맛을 다셨다.

"꼭 마셔야 하나? 그냥 소주 한 잔 마시면 안 될까?"

흑개는 찻잔을 던지듯 탁자에 내려놓았다.

"입맛에 맞지 않으셔도 적응하셔야 합니다."

흑모는 흑개와 달리 평온한 얼굴로 녹차를 음미하고 있었다.

"이게 뭐가 맛있다고. 에잉."

흑개는 투덜거리면서도 다시 찻잔으로 손을 가져갔다.

"그건 그렇고. 흑모야."

"예, 대두령."

"근데 네 말대로 하기는 했는데. 에이— 쌍. 이거 꼭 마셔야 하나, 어?"

흑개는 습관적으로 찻잔을 입으로 가져갔다가 이내 찻잔을 바닥으로 던져버렸다.

"대두령, 어투부터 고치셔야 합니다."

흑모는 찻잔을 내려놓고는 진지한 목소리로 말하며 흑개를 쳐다보았다.

"야!"

흑개가 소리를 질렀지만 흑모는 뻔뻔하리만큼 담담하게 차를 마셨다.

"대두령."

"……."

흑개는 뭐라 구시렁거렸지만, 목소리를 입안으로 돌릴 뿐이었다.

"자리가 사람을 만든다고 하지요."

"나는 사람이 아니야."

"말이 그렇다는 겁니다."

"젠장."

흑개는 다시금 구시렁 말을 삼켰다.

"하지만 때로는 사람이 자리를 차지하기도 하지요. 그리고 지금 대두령은 자리를 차지해야 하는 상황입니다."

"알아! 아니까 내가 지금 그러고 있잖아."

"아닙니다."

흑모는 고개를 저었다.

"대두령께서는 좀 더 자각하실 필요가 있습니다. 생각해 보십시오."

"뭘 또 생각하라고 지랄이야?"

투덜투덜.

그럼에도 흑모는 인내심을 가지고 마치 아이를 달래듯 말을 이어갔다.

"무려 만인지상 일인지하의 자리입니다. 모두에게 본을 보여야 할 자리이지요. 지금의 대두령이라면 그 자리가 나도 앉을 수 없습니다."

"못 앉을 건 또 뭐야."

"그렇게 앉으면 뭐합니까?"

"……?"

"자리의 힘은 아랫사람들이 채워줘야 유지됩니다. 아무도 대두령을 믿지 않고 무식한 놈이 힘으로 깔고 앉았다고 여기면 제아무리 봉황 님이라도 자리를 보전할 수 없습니다."

"흠."

"필방을 보십시오."

"끄응."

그래도 어느 정도 말귀가 통한 모습에 흑모는 옅은 미소를 지었다.

"알았어, 알았다고. 고치면 되잖아."

탁—

흑모는 새 찻잔에 다시 차를 따라 흑개 앞으로 내밀었다.

"술을 마시지 말라는 게 아닙니다. 다만 차도 즐기라는 것입니다."

"젠장. 말 한 마디 잘못 꺼냈다가, 이게 무슨 지랄인지. 그건 그렇고."

흑개는 억지로 차를 마신 후 얼굴을 찌푸리며 본론을 꺼냈다.

"네 녀석 말대로 장조를 통해 필방에게 알렸는데, 괜찮겠어? 혹시 대놓고 무식하게 일족들을 짓밟으려 하면 어쩌지?"

그 말에 흑모는 오히려 미소를 드러내며 고개를 저었다.

"필방의 성격상 절대 그럴 리가 없습니다."

"그래도 혹시 모르잖아. 대가리가 확 돌아서."

은근히 신경이 쓰이는 모양이었다.

"필방이라면 지금 당장 흔들리는 자신의 자리부터 단단히 다지려고 할 겁니다."

"자신의 자리부터?"

"그가 가장 무서워하는 건 폐하의 마음에서 멀어지는 것이지요. 그리고 이번 일로 폐하의 마음이 흔들렸고 말입니다."

"그래서?"

흑개는 자리를 고쳐앉으며 재촉했다.

"흔들린 폐하의 마음을 다시 되돌리는 건 간단하지요."

"그래서 그게 뭐냐고!"

흑개는 답답한 듯 적잖은 성질을 부렸다.

"확실한 성과를 내는 것. 그것 말고는 없지요. 더더욱 무력보다는 암계와 정치를 더 좋아하는 필방으로서는."

흑개는 흑모의 말을 듣자 고개를 끄덕이기는커녕 소리를 버럭 질렀다.

"좀 알아먹게 이야기해!"

"제가 손을 써뒀으니 편히 계시면 됩니다. 가끔 재앙의 일족 대두령들을 불러 차도 한잔하시고요."

결국 흑개를 탁자를 내려치며 소리를 질렀다.

"이 새끼가 정말 보자 보자 하니까! 내가 오냐오냐해 줬더니, 내가 우습게 보이냐! 앙? 알아듣게 말 안 해?"

"적이명(敵已明) 우미정(友未定) 인우살적(引友殺敵)하고, 불자출력(不自出力) 이손추연(以損推演)하라."

흑모가 입을 열자.

"너 이 새끼야. 지금 욕했지? 죽고 싶냐?"

흑개는 벼락같이 달려들어 흑모의 멱살을 잡고 흔들었다.

"내가 일자무식이라고, 대놓고 욕을 내뱉……."

"단공(檀公)의 병법, 삼십육계(三十六計)의 제3계, 차도살인(借刀殺人)[1]입니다."

담담한 흑모의 말에 흑개의 얼굴이 서서히 일그러졌다.

그러거나 말거나.

"적은 이미 명백한데 우군이 어찌할까 동요할 때는……."

"이 썅! 입 안 닥쳐!"

"……."

"내 누누이 말했지? 확실한 결과만 가져오라고. 구차하게 일일이 설명하지 말라고 그랬어? 안 그랬어?"

흑개는 소리를 버럭 질러놓고서는 슬그머니 흑모의 시선을 피했다.

'니미럴.'

"으메! 이게 다 뭐다야?"

서기원은 엉망이 된 거실을 보자 화들짝 놀랐다.

마치 폭탄이라도 터진 것처럼 소파며 탁자며 온전한 것
이 없었다.

아니 딱 하나.

온전한 것이 하나 있었다.

그건 바로 박현이 앉아 있는 1인용 소파였다.

박현은 소파에 앉아 커피를 마시고 있었다.

"왔어?"

나른한 아침을 깨우는 평온함에 몸을 맡긴 채.

"으으―, 이대로는 안 되겠어야. 야들아, 좀 치워야."

"알았빗!"

"알았삽!"

서기원의 말에 도깨비들이 거실로 우르르 몰려나갔다.

"뭐야? 아프다더니?"

조완희는 박현 앞으로 걸어가 얼굴을 쑥 내밀며 얼굴을
살피더니 이윽고 이마에 손을 얹었다.

"열은 없고."

조완희는 허리를 폈다가 잠시 후 손뼉을 쳤다.

"머리를 다쳤던 건가."

퍽.

박현은 그런 조완희의 정강이를 발로 찼다.

"지랄한다."

퍽!

서기원도 추임새를 넣듯 조완희의 엉덩이를 발로 걷어찼다.

"야도 치워야."

"이 새끼들이. 보자 보자 하니까, 내가 보자기로 보이냐? 앙?"

조완희는 눈에 쌍심지를 켰다.

"나 심히 마음이 안 좋다. 어쭙잖은 말 할 거면 그냥 가라."

서기원과 조완희는 박현 앞으로 다가가 반쯤 부서진 소파를 당겨 앉았다.

"아픈 거 말고도 뭐가 더 있어야?"

"있었는데, 털어버렸어. 내가 어떻게 할 수 있는 게 아니라서."

박현의 표정에 씁쓸함이 언뜻 드러났다가 사라졌다.

"건방 떠는 거 보니까 살 만한가 보네."

조완희는 특유의 빈정거림으로 박현을 달래주었다.

"그런데 아침부터 무슨 일?"

박현은 애써 밝은 표정을 지으며 물었다.

"봉황궁, 아니 흑개가 몰래 접촉을 해왔다."

"흑개?"

"때려죽여도 시원찮을 놈인데…… 쿵! 곧 내 손에 죽을 놈이라고 있어야."

서기원이 이름을 듣자마자 기분 나쁘다는 듯 뜨거운 콧방귀를 훅하고 내뿜었다.

"맞나빗!"

"깨비 일족의 수치창!"

"모두 저 세상으로 보내버릴테다바람!"

청소하던 도깨비들도 이구동성으로 적개심을 드러냈다.

"……?"

"두억시니 일족의 대두령이야."

"천하의 개잡종놈이기도 해야."

박현이 고개를 갸웃거리자 조완희가 부연설명을 했고, 서기원이 다시 한 마디 더 보탰다.

"맞창!"

"우리 대두령께서 개잡종을 때려잡을 거북!"

박현은 적의와 함께 마구 소리를 지르는 도깨비들 사이에서 조완희를 보며 씨익 웃었다.

"잘 처리한 모양이네."

두억시니 일족을 구워삶는 일이 힘든 일이었을 텐데 조완희는 용케 그걸 해냈다.

"알면……."

"알면?"

"이달 치 이자 까라."

"응, 싫어."

박현은 부드러운 목소리로 단칼에 잘라버렸다.

"그래, 고맙……. 야이, 씨!"

부드러운 말투에 환하게 웃음을 지으려던 조완희는 소리를 질렀다.

"됐어. 밀약은 내가 다시 깨트……."

"두 달."

"리고 말겠……, 응?"

"두 달 해 주지."

"널 사랑한……."

퍽!

"꽥!"

박현은 달려드는 조완희의 뒤통수를 여지없이 후려갈겼다.

"사실 생각보다 말이 잘 통하는 놈이 하나 있더라고."

"그럴 리가 없는데야. 무식하고 잔인하기가 둘째가라 하면 서러울 놈들일 텐데야."

조완희의 말에 서기원이 고개를 갸웃거렸다.

"맞창!"

"맞북!"

"맞다바람!"

어느새 청소를 마친 도깨비들이 얼굴만 쏙 내밀고 고개를 끄덕이고 있었다.

"돌연변이 같은 놈이 하나 있더라고. 이름이 흑모라고."

"흑모?"

서기원이 고개를 갸웃거리자.

"그 뜬금없는 이름은 뭐낫?"

도깨비들이 떠들거나 말거나.

"두억시니 일족이 분명한데 전형적인 책략가야."

"말도 안 되는 소리를 지껄이지마라바람!"

바람도깨비가 바람같이 날아와 조완희의 멱살을 잡고 흔들었다.

"뒈지고 싶냐?"

조완희가 으르렁거리자 바람도깨비는 어깨에 먼지를 털며 먼 산을 쳐다보았다.

"내가 아예 대별왕 곁으로 보내줄까?"

스르르—

바람도깨비는 바람과 함께 사라졌다.

"어째 네놈이나, 네놈 밑에 있는 놈이나. 쯧—."

"죽고 잡아야?"

서기원이 눈을 부라렸다.

"그냥 여기서 한 판 뜰까?"

조완희도 지지 않았다.

"나 여전히 심란하다."

박현이 말에 둘은 서로 콧바람을 뀌며 반대로 고개를 획 돌렸다.

"그래서?"

"뭐가 그래서야? 말이 제법 잘 통하더라 말이지. 그리고 그 녀석이 제안을 해왔어."

박현의 말에 조완희는 본론을 꺼냈다.

"무슨 제안?"

"닷발괴물을 우리가 원하는 곳으로 유인해주겠대."

"그러니까, 자기 손에 피를 안 묻히겠다는 뜻인가?"

"그렇지."

조완희는 고개를 끄덕였다.

"자세한 내부 사정이야 알 수 없지만 확실한 건 우리가 바라던 대로 두억시니 일족과 필방이 완전히 등을 돌렸다는 거야."

"그래도 조금 찝찝해야."

서기원.

"괜찮아. 안 그래도 화풀이할 곳이 필요했는데. 한다고 전해."

박현의 눈빛에 살기가 번들거렸다.

*용어

1) 삼십육계 제3계 차도살인 : 적은 이미 명백한데 우군이 어찌할까 동요할 때는 우군을 끌어들여 우군으로 하여금 적을 주깅게 하고 자신의 소모는 피한다.

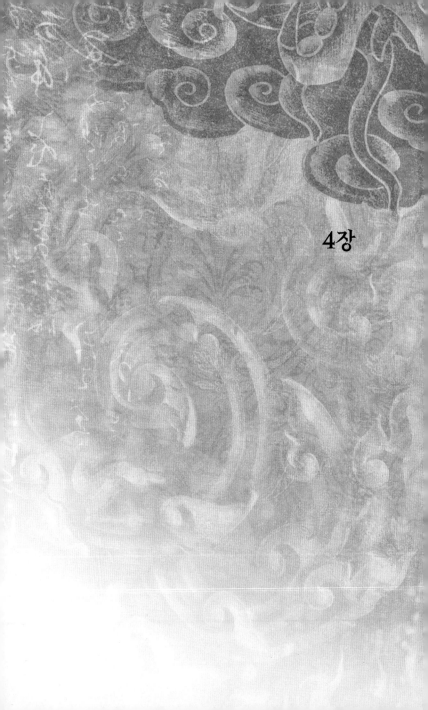

4장

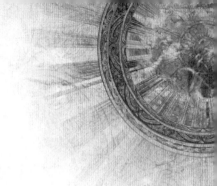

"뭐라?"

필방의 목소리가 커졌다.

"그 말이 사실이더냐?"

거듭된 말에 닷발괴물 대두령 장조가 고개를 끄덕였다.

"흠. 고것들이."

필방은 침음을 삼키며 입술을 지그시 깨물었다.

"대별왕의 흔적을 찾았다."

필방은 장조를 쳐다보며 입을 열었다.

"어찌 안 것인지는 모르고?"

"우연히 엿들은 것이라 그것까지는 알지 못하옵니다."

"우연히라."

"조만간 큰 공을 세워 폐하의 눈에 크게 들 것이라며 두억시니 일족들이 호들갑을 떨고 있사옵니다."

장조의 말에 필방의 눈살이 찌푸려진 것은 자명한 일.

"저희 일족을 제외한 모랑등롱, 야구자, 그슨대 일족이 두억시니 일족과 손을 잡은 탓인지 겉으로는 쉬쉬하지만 내부적으로 거침없어 보입니다. 그렇다 보니 의외로 민감한 정보도 어렵지 않게 엿들을 수 있었사옵니다."

"흥!"

필방은 가소롭다는 듯 콧방귀를 꼈다.

"헐벗고 굶주린 것을 주워 쓸 만하게 키워놨더니, 이제는 주인을 물려고 하는군."

필방의 목소리에는 상당한 적의가 담겨 있었다.

"주인이 누군지 알 수 있게 매를 드셔야 하옵니다."

장조는 단호하게 충언을 올렸지만 필방은 고개를 저었다.

"매는 나중에라도 들 수 있어. 지금은 흐트러진 폐하의 마음을 다시 되돌리는 게 중요해."

"좀 더 알아보라 이르겠습니다."

이번에도 필방은 고개를 저었다.

"지리산 무당이라고?"

"한두 해 전 지리산에서 신내림을 받은 법사라는 것까지만 알아냈습니다."

"그거면 충분해."

필방의 눈빛이 가라앉았다.

"그럼 어찌하면 되겠습니까?"

"당장 움직여."

"당장 말이옵니까?"

장조의 물음에 필방은 고개를 끄덕였다.

"어느 일족을 데려가면 되겠습니까?"

그 물음에 필방은 고개를 저었다.

"지금은 누군가의 손을 빌려서는 안 돼."

필방은 위기라면 위기인 이 상황을 스스로 헤쳐 나가야 한다 여겼다.

"장조야."

"예, 주군."

"지금 남의 손이라 여기지 않는 이는 너뿐이다."

필방은 믿음직하다는 눈으로 그를 바라보았다.

"당장 출발하겠습니다."

"조용히 움직이되 폭풍처럼 움직여 그를 잡아오너라."

"살려서 데려오리까?"

"죽여서는 의미가 없다. 반드시 목숨만큼은 살려서 데려오너라. 그래야만이 폐하의 마음이 다시 내게로 돌아올 수 있음이야."

"충!"

장조는 목소리는 나직했지만 강한 힘이 담겨 있었다.

＊　　　＊　　　＊

"대두령."

모란등롱 대두령 수란등이 교태가 어린 목소리로 부르며 흑개 옆으로 다가앉았다.

"대두령의 호언장담처럼 닷발괴물들이 조용히 궁을 떠나고 있어요."

"험험."

흑개는 헛기침을 내뱉으며 슬쩍 흑모를 힐끗 쳐다보았다.

흑모는 여느 때처럼 목상처럼 무심히 서 있을 뿐이었다.

눈 가리고 아웅이지만 사실 이런 계략이 흑개가 아닌 흑모의 머리에서 나온 것을 모르는 이는 없었다.

평소에는 그런 모습을 보자니 당최 정이 안 간다 싶었는데, 으스대도 뭐라 하지 않을 이 상황에서도 모든 공을 자신에게 넘겨서 그런 걸까, 더욱 믿음직스럽게 느껴졌다.

"이제 어쩌면 되는 것이오?"

야구자 대두령 견두.

"우리도 나서야 하는 게 아니오?"

그슨대 대두령 명귀.

"우리는 가만히 있을 것이외다."

흑개는 흑모가 미리 일러준 대로 행했다.

"우리는 가만히 앉아서 굿이나 보고 떡이나 먹으면 된다 오."

"검계가 흑 대두령의 생각처럼 잘하겠습니까?"

견두가 목소리를 죽이며 물었다.

"그게……."

"그 점은 제가 말씀을 올리겠습니다."

흑개의 말문이 막히려 하자 흑모가 재빨리 나섰다.

"말해 보게."

질문한 견두는 흑모를 적당히 예우하였다.

"성공해도 실패해도 상관이 없습니다."

"상관이 없다?"

명귀.

"성공한다면 성공한 대로. 실패를 한다 하여도 그 실패 는 검계와의 은원으로 향하니 필방은 좋든 싫든 검계를 상 대해야 할 것입니다."

"만약 검계가 손을 뺀다면 어찌 되나요?"

수란등.

"그리하면 은원이라는 불씨가 다시 활활 타도록 부채질을 하면 됩니다."

흑모의 말이 끝나자 다들 고개를 끄덕였다.

"이거야말로 손 안 대고 코 푸는 격이 아닌가."

탁!

견두가 무릎을 탁 쳤다.

"차도살인계라는 병법일세."

흑개가 등받이로 몸을 기대며 턱을 살짝 들어올렸다.

"허나 필방에게서 눈을 떼서는 아니 되오. 다들 아시겠소?"

"아무렴, 당연한 소리입니다. 흑 대두령."

"그리할게요."

"알겠소이다."

자신의 말에 순순히 따르는 세 대두령을 보며 흑개는 흡족한 미소를 지었다.

*   *   *

지리산 외진 어느 골짝.

거대한 바위 아래 비닐로 얼키설키 만든 움막이 하나 있었다. 허름해 보여도 제법 공을 들인 듯 부엌이며, 방이며 갖출 것은 다 갖춘 움막이었다.

움막 안을 대충 살핀 박현은 다시 밖으로 나왔다.

"적당한 곳을 찾았군."

비탈 아래 혼자 쓰기에 부족함이 없는 실개울이 흐르고 있었다.

"지리산은 무문의 안마당이나 매한가지야."

조완희.

"더욱이 무당 밥 먹고 살려면 무문의 명을 거스를 수 없는 법."

조완희는 씨익 웃었다.

"적당히 돈을 쥐여 줬으니 어딘가에 새로 거처를 마련할 거야."

"여기면 싸움이 크게 번져도 주변에 피해는 없어 보여야."

서기원도 주변을 둘러보며 말했다.

"주변에 민가나 무당들의 수도처도 없어요."

하늘에서 한설린이 부적을 밟으며 내려왔다.

"결계는?"

"다 쳐놨어요."

조완희가 묻자 한설린이 대답했다.

"그럼 남은 건 기다리는 일뿐인가?"

박현의 말에 조완희가 고개를 끄덕였다.

"셋은 어디에 있을 건가?"

"저 골짜기 아래 민가가 하나 있어요. 거리는 제법 되지만, 닻발괴물의 넓은 시야를 속이려면 그 정도가 좋아 보여요."

박현은 한설린의 말을 들으며 조완희를 보았다.

"한 오 분 거리야."

멀지도 가깝지도 않은 딱 적당한 거리였다.

"적당하네."

"여기."

조완희는 품에서 부적 한 장을 꺼내 주었다.

"그들이 오면 찢어. 그럼 결계가 발동할 거야."

박현은 고개를 끄덕이며 부적을 품에 넣었다.

"언제쯤 올까?"

"글쎄, 당장 올 수도, 아니면 며칠 걸릴 수도 있겠지."

조완희는 어깨를 슬쩍 들어올렸다.

"당분간 외로워도 참아야."

"쓰잘데기 없는 말 말고, 어서 가라."

박현이 귀찮다는 듯 손을 저어 축객령을 내리자, 셋은 저마다 한마디씩 인사를 하고 골짜기 아래로 내려갔다.

박현은 다시 한번 주변을 둘러보는 김에 실개울로 내려가 목을 축인 후 다시 움막으로 올라왔다. 박현은 움막 안으로 들어가지 않고 마당처럼 쓰이는 평지에 놓인 엉성한 평상으로 올라갔다.

두 다리를 뻗고 누워 팔베개를 했다.

파란 하늘을 올려다보는 박현의 눈은 무심했다.

홀로 남으니 애써 눌러놨던 기억들이 다시 떠올랐다.

'황금빛.'

아버지의 기운인가?

아니면 단순한 후광인가.

그 색이 아버지의 것이라면 자신의 아버지는 용이 아닌가?

허나 분명 자신은 용으로 자라고 있는데.

오는 길에 한설린에게 그날의 기운에 대해 슬쩍 떠봤다.

그녀는 모르는 눈치였다.

자신에게 종속되어 같은 기운을 다스려서인지 순수와 황금의 기운 차이도 기억하지 못했다.

'결국 찾아봬야 하는가?'

생각은 다시 돌고 돌아 해태에게서 멈췄다.

분명 무엇인가 아는 눈치였다.

그런데 자신에게 기별을 보내지 않았다.

하물며 한설린이 자신에게 오는 것을 알고 있었음에도.

자신에게도 감춰야 하는 비밀인가?

'왜?'

진짜 자신이 용이 아니라서?

용이 아니면.

박현의 생각은 해태를 뛰어넘어 무아에서 본 자신의 열 번째 그림자에 닿았다.

선명한 아홉의, 용을 이루는 형상.

그리고 흐릿한 열 번째, 그 무엇.

"하아―."

결국 답은 하나였다.

일단 자신의 속에서 잠들어 있는 아홉을 모두 깨우는 것.

용이 되든, 아니면 다른 것이 되든.

'그리되면 알 수 있겠지.'

박현은 입술을 지그시 깨물었다.

그런 그의 마음속에 불만과 짜증, 분노가 쌓여갔다. 그럴수록 그에게서 흐르는 기운에서 순백은 사라지고 거친 암흑이 그를 지배하기 시작했다.

날이 저물고, 달빛마저 구름에 가려진 자정.

움막에 누워 있던 박현은 서서히 눈을 떴다.

까만 하늘에 잿빛 먹구름이 끼듯 암울한 기운이 몰려오는 것이 느껴졌다.

"크르르르."

거친 울음이 흘러나왔다.

검은 기운이 온몸을 뒤덮고 있었고, 오로지 두 개의 황금빛 눈동자만이 어둠 속에서 홀로 빛날 뿐이었다.

하지만 그것도 잠시.

어둠 속으로 스며드는 한 마리 호랑이처럼 박현은 기운을 갈무리하는 동시에 시퍼런 황금빛 안광을 지워냈다.

쏴아아아아ㅡ

흡사 태풍이라도 부는 것처럼 거친 바람 소리가 엉성한 문틈 사이로 흘러들어왔다.

닷발괴물이 만들어낸 바람이리라.

그 바람에 실린 액운을 느껴서일까, 숲속 생명들의 잔잔한 소리마저 툭 끊겼다.

그렇게 찾아온 정적 속에.

탓ㅡ 타다닷ㅡ

닷발괴물들이 거리낌 없이 땅으로 내려서는 소리가 선명하게 들려왔다.

박현은 조용히 자리에서 일어나 앉았다.

과아아아아―

흉흉한 기운이 사방에서 폭풍처럼 들끓어 올랐다.

우드득― 우드득― 쾅!

그 기운은 움막을 덮쳤고, 마치 태풍이 할퀴고 지나가는 것처럼 두꺼운 비닐이며, 나무 기둥, 흙벽, 심지어는 주춧돌까지 모두 부수며 하늘로 날려버렸다.

움막이 사라지고 마치 평평하게 다진 둔덕처럼 변한 방 가운데서 잠시 눈을 감고 있던 박현이 천천히 눈을 떴다.

지척, 한 사내가 눈에 들어왔다.

닷발괴물 대두령 장조.

그리고 주위로 열 남짓한 남녀들이 흉흉한 눈빛을 띠며 부채 형상으로 자신을 포위하고 있었다.

박현은 고개를 들어 하늘을 쳐다보았다.

하늘 위에 열 남짓한 남녀가, 다시 그 위에 거대한 흉조, 닷발괴물이 날갯짓을 하며 허공에 떠 있었다.

박현은 다시 고개를 내려 자신의 앞에 서 있는 이.

닷발괴물 대두령 장조를 쳐다보았다.

"네놈에게서 대별왕의 향이 느껴지는구나."

그는 잠시 코끝을 찡그리더니 이내 싸늘한 웃음을 지어 보였다.

"확실히 소별왕님의 기운과 닮은 듯 닮지 않았어."

지금 풍기는 대별왕의 향은 조완희가 준 법복 때문이었다.

"크크크."

박현은 낮게 웃음을 터트렸다.

그 웃음이 기분에 거슬렸는지 장조의 미간이 찌푸려졌다.

"목숨만 살려 가면 된다 했으니. 산 채로 팔다리를 찢어주지."

장조의 몸에서 짙은 재앙의 기운이 뿜어져 나와 박현의 몸을 덮쳐갔다.

"본신을 원망 마라. 보지 못한 네 눈과 참지 못한 네놈의 웃음 때문이니."

쏴아아— 툭!

거칠면서도 거침없이 박현을 뒤덮어가던 기운이 순간 거대한 벽에 막혀버렸다.

"크르르르."

흉흉한 재앙의 기운 못지않게 흉악한 울음이 흘러나왔다.

그리고 깊고 깊은 곳에 숨겨둔 암흑의 기운이 스물스물 흘러나오며 잠자고 있던 황금빛 안광이 터졌다.

"본인을 원망 마라."

박현은 장조의 말을 따라 하며 이죽 입꼬리를 말아올렸다.

장조의 눈썹이 꿈틀거릴 때 박현의 말은 다시 이어졌다.

"기분이 거지 같아서 화풀이할 데가 필요한 참이었으니까."

박현은 부적을 찢으며 자리에서 일어났다.

"크하아아앙!"

이어 흉악한 포효가 장조를 덮쳤다.

*　　*　　*

쿠웅!

지진이라도 난 것처럼 땅이 두어 차례 바르르 떨렸다.

땅만 울린 게 아니었다.

사방에서 자연의 기운이 들끓기 시작한 것이었다.

"……!"

갑작스러운 자연의 변화에 장조의 눈이 부릅떠졌다.

쑤아아아—

마치 거대한 폭포수가 중력을 거스르고 하늘을 향해 쏟아지는 것처럼 반짝임을 가진 반투명한 장막이 하늘로 솟아올랐다.

장조와 닷발괴물들이 어찌해 볼 사이도 없이, 태산처럼 해일처럼 일어난 기의 장막은 눈 깜짝할 사이에 하늘마저 뒤덮고 말았다.

그리고 만들어진 거대한 반구.

외부와 내부를 완벽하게 단절시키는 결계였다.

장조의 눈두덩이 꿈틀거렸다.

그리고 그의 눈은 박현에게로 향했다.

"크르르르."

박현은 검은 신기(神氣)를 풀풀 날리고 있었다.

《대, 대두령!》

진신의 한 닷발괴물이 당황한 듯 장조를 불렀다.

《부숴.》

장조는 흔적만 남은 움막에서 천천히 일어나 자신 앞으로 느릿하게 걸어오는 박현에게서 눈을 떼지 않은 채 전음으로 명을 내렸다.

"꺄하악!"

그 명에 닷발괴물은 울음을 터트리며 날아올라 부리로 하늘을 뒤덮고 있는 결계를 찍었다.

쿠웅—

큰 울림만 있을 뿐 결계는 조금의 흔들림도 없었다.

"캬르르르."

닷발괴물은 낮게 울음을 삼키며 크게 허공을 비행해 속도를 높이더니 화살처럼 날아가 있는 힘껏 결계를 부리로 찍었다.

쾅!

몇 닷발괴물들이 움찔거릴 정도로 엄청난 파음이 터졌다.

그 충격을 이기지 못한 건 바로 결계가 아니라 닷발괴물이었다. 결계를 부수려 했던 닷발괴물은 마치 날개 부러진 새처럼 바닥으로 처박혔다.

장조는 그런 수하의 모습에 내색하지는 않았지만 눈동자의 떨림마저 숨기지는 못했다.

씨익—

그리고 그걸 본 박현은 입꼬리를 말아올렸다.

"누구냐?"

장조는 감정을 숨긴 채 착 가라앉은 목소리로 물었다.

"뭘 묻지? 알고 온 거 아닌가?"

"……?"

장조가 미간을 찌푸리기가 무섭게.

팡!

박현은 땅을 구르며 장조에게로 달려들며 주먹을 휘둘렀다.

어둠의 기운을 풀풀 날리고 있던 박현이었기에 인간의

범주에서 벗어난 움직임이었다.

아무리 인간의 형상을 하고 있다 하여도 닷발괴물 대두령은 대두령, 장조는 양팔을 교차시키며 수월하게 박현의 주먹을 막아갔다.

퍽!

하지만 급작스러운 수비라 힘마저 이겨내지는 못한 듯 장조의 몸은 뒤로 밀려났다.

"크르르, 크항!"

박현은 울음을 터트리며 다시 거리를 좁히며 주먹을 휘둘렀다.

쾅!

하지만 이번에는 뒤로 밀리지 않았다.

오히려 제법 강한 반발력이 느껴지기까지 했다.

"크르르."

박현은 뒤로 물러서지 않은 장조를 보며 오히려 이빨을 드러내며 웃음을 지었다.

어둠의 기운이 순간 주변을 장악하며 박현의 모습마저 뒤덮었다.

'뭐, 뭐지?'

짙은 안개처럼 만들어진 검은 기운은 불길하기 짝이 없었다.

번쩍!

그리고 짙은 검은 안개 속에서 황금빛 안광이 터져 나왔다.

"흡!"

황금빛 안광과 마주한 장조는 찰나 흠칫 몸이 굳었다.

"크하아아앙!"

혼마저 흔들어 재끼는 울음과 함께 검은 안개 속에서 날카로운 발톱이 튀어나왔다.

"흡!"

장조는 자신의 얼굴을 노리며 파고드는 발톱에 재빨리 정신을 차리며 몸을 뒤로 젖혔다. 하지만 찰나지만 몸이 굳었던 장조는 완벽하게 발톱을 피할 수 없었다.

서걱!

장조의 뺨이 갈라지며 붉은 피가 뿌려졌다.

"이노오……."

뺨에서 느껴지는 화끈거리는 고통에 장조가 짙은 살기를 머금기 시작했다. 하지만 그보다 먼저 박현은 이미 다시 움직이고 있었고, 발짓 손짓 하나하나에 짙은 살기를 담고 있었다.

"크하아아앙!"

그리고.

이미 박현은 인간의 육신을 탈피해 흑호의 모습으로 진신을 드러낸 뒤였다.

검은 안개 속에서 튀어나온 한 마리 흑호, 박현은 몸을 훌쩍 날려 주춤 뒤로 물러나는 장조의 가슴을 덮쳐갔다.

"꺄아아아—."

기습이라면 기습이라 할 수 있는 박현의 공격에 이미 한 차례 피를 본 장조였지만 그는 숱한 전장을 돌아다녔던 악조(惡鳥)였다.

장조도 고음의 울음과 함께 신기를 터트리며 양손에 자모원앙월(子母鴛鴦鉞)[1]을 쥐며 박현을 향해 휘둘렀다.

쑤아악—

자모원앙월의 칼날이 허공에서 자신의 가슴을 밟아오는 박현의 발바닥을 정확히 노리고 들어갔다.

발바닥 상처는 치명적이다.

상처 자체만 본다면 그다지 중하지 않을지 모르나, 발바닥을 다치면 운신에 상당한 제약이 만들어지고 그건 필패로 이어진다.

장조는 자모원앙월의 칼날이 발바닥을 완벽하게 점하자 내심 안도의 한숨을 내쉬었다.

어떤 공격의 징조도 없이 시작된 싸움을 건 박현은, 숨 한 번 돌릴 사이도 없이 폭풍처럼 자신을 몰아쳤다.

미친놈이 아니고서야 발바닥을 내어줄 일은 없을 터.

'흑호라니.'

한숨을 일단 돌리고 나서인지 그제야 박현의 진신이 눈에 들어온 장조였다.

'……!'

허나 잡념도 잠시였다.

서걱!

흑호는 칼날에도 아랑곳하지 않고 그대로 장조를 덮쳐갔고, 자모원앙월의 칼날은 박현의 발바닥을 베었다.

그리고.

쾅!

박현의 뒷발이 장조의 가슴을 할퀴듯 찍었다.

"컥!"

흑호가 내뿜는 압도적인 힘의 차이에 장조는 그 힘을 이기지 못하고 나뒹굴 듯 박현과 함께 바닥으로 쓰러졌다.

"크르르르."

배를 깔고 앉은 박현은 장조를 내려다보며 웃음을 터트렸다.

"이놈!"

장조의 얼굴이 일그러졌다.

동시에 살기를 동반한 분노도 함께 터졌다.

장조는 박현의 옆구리로 두 자루의 자모원앙월을 휘둘렀다.

발바닥에 상처를 입은 상황에 배까지 뚫리면 최악으로 치닫는다. 당연히 피할 것이라 여겼다.

푸욱!

"……!"

이번에도 박현의 행동은 장조의 예상을 빗나갔다.

보기 좋게 두 자루의 자모원앙월이 박현의 복부에 꽂혔다. 그리고 그의 예상을 하나 더 벗어난 것이 있었다.

'생각보다 얕다.'

쾅!

동시에 커다란 주먹이 장조의 얼굴에 틀어박혔고, 장조는 잠시 정신이 아득해지는 것을 느꼈다.

*   *   *

두 노부부가 사는 아담한 민가.

주변에 마을도, 집도 없어 적막하지만 오히려 그 적막함이 평화롭게 느껴지게 만들었다.

대도시에 흔한 불빛 하나 없어, 밤하늘은 수많은 별들로 가득 차 있었다.

"이런 별들도 오랜만이로군."

조완희는 평상에 누워 밤하늘을 올려다보고 있었다.

"이런 별을 안주 삼아 막걸리 한 잔, 캬~, 해야 하는데 말이어야."

조완희는 입맛을 다시는 서기원의 옆구리를 발로 찼다.

"지랄한다. 이 와중에도 술 생각이냐?"

"지금 때렸어야?"

서기원이 눈을 부라렸다.

"그래, 때렸다. 어쩔래?"

"후회해도 나는 몰라야."

서기원이 소매를 걷어 올렸다.

"어쭈? 한 판 해볼라고?"

조완희도 자리에서 몸을 일으켜 세웠다.

"후회해도 나는 모른다."

"그건 내가 할 소리여야."

둘은 마치 박치기라도 할 듯 서로의 얼굴을 가져갔다.

"죽고 싶구나? 앙?"

"그건 내가 하고 싶은 말이어야."

급기야 머리를 맞대고는 이마가 빨개질 정도로 서로의 머리를 밀었다.

"망할 깨비 새끼."

"육시럴 박수 새끼."

그리고 눈빛이 얽히고설키다가 불꽃이 튀자.

"안 내면 술래, 가위바위보!"

"보!"

둘은 신속으로 물러나며 서로를 향해 주먹을 휘둘렀다.

"……."

"흠."

두 주먹.

다시 둘 사이에 눈빛이 튀었다.

"가위바위보."

"가위바위보."

이번에도 두 개의 주먹.

치열한 눈치가 오가며 둘은 다시 손을 내밀었다.

"가위바위……, 어?"

기세 좋게 손을 내밀던 조완희가 순간 밤하늘을 스쳐 지나가는 거뭇한 것들을 보자 눈에 이채를 띠며 고개를 위로 올렸다.

"가위바위보!"

조완희의 주먹 앞에 가위가 있었다.

"……?"

어정쩡한 주먹.

서기원은 조완희를 힐긋 쳐다보았다.

조완희는 여전히 하늘을 올려다보고 있었다.

그리고 서기원은 가위를 만든 손을 슬쩍 펼쳐 보를 만들었다.

"흐흐흐흐."

음침한 웃음이 저도 모르게 흘러나왔다.

못 봤다.

분명했다.

"으흐흐흐."

우드득, 서기원은 손가락을 꺾으며 조완희의 얼굴로 가져갔다.

왼손으로 있는 힘껏 오른손 중지를 잡아당겼다.

"기원아."

조완희는 미간을 찌푸리며 고개를 내렸다.

그런 그의 눈에 들어온 건 중지가 밖으로 꺾여 있는 커다란 손바닥이었다.

빡!

그리고 순간 정신이 멍해질 정도로 엄청난 충격이 이마에서 느껴졌다.

"악!"

조완희는 저도 모르게 신음을 터트리며 바닥에 쪼그려

앉았다.

"이, 망할 놈아!"

조완희는 이마를 부여잡으며 서기원을 노려보았다.

"승패에 자비란 없어야."

"너는 생각이란 게……."

"승패는 냉정한 법이어야."

서기원은 콧방귀를 뀌며 몸을 돌려 한설린을 쳐다보았
다.

"이제 가야. 보아하니 슬슬 결계가 터질 때 되었어야."

쿠웅!

그리고 저 멀리 서기원의 등 뒤로 결계가 만들어졌다.

*용어

1) 자모원앙월(子母鴛鴦鉞): 근접전투에 쓰이는 무기로, 초승달 모양의 반월의 칼날 2개를 합쳐서 만든 무기다. 흔히 많이 이들이 알고 있는 서양 무기 중 손가락에 끼워 주먹의 위력을 증가시키는 너클에 칼날이 달린 거라 생각하면 된다. 도끼 월이 쓰였지만, 도끼 형상은 아니고 오히려 권(圈)의 일종이라 할 수 있다.

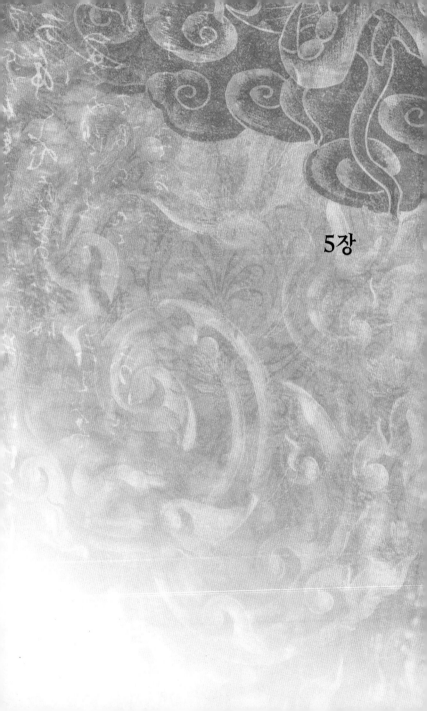

5장

"크하아아앙!"

장조를 깔고 앉은 박현은 울음을 토해내며 그의 얼굴에 주먹을 무자비하게 내리꽂았다.

"크르."

장조도 그냥 당하지만은 않고 복부에 꽂힌 자모원앙월을 마구 비틀어 옆구리를 걸레처럼 만들었다.

그럼에도 불구하고 박현의 주먹은 멈추지 않았다.

쾅 쾅 쾅 쾅 쾅—

장조는 얼굴이 피떡이 되면서도 완강하게 버텼지만, 박현의 주먹질은 무자비했다.

결국 지켜보던 두령 하나가 등의 날개를 펼쳐 허공으로 날아올랐다. 그리고는 화살처럼 날아가 박현의 가슴을 발로 후려 찼다.

펑!

묵직한 충격에 박현은 뒤로 날아가 땅에 처박혔다.

"크르르."

박현은 곧바로 몸을 털고 자리에서 일어났다.

"됐다!"

장조는 부축하는 수하의 손길을 거칠게 뿌리치며 자리에서 일어났다.

그의 얼굴은 처참했다.

피투성이가 된 것으로도 모자라 코가 완전히 뭉개져 있었다. 그로 인해 숨구멍이 막힌 듯 입으로 숨을 쉬는 그 모습은 거칠었다.

우득!

장조는 살기가 풀풀 날리는 눈으로 박현을 노려보며 바스러진 코로 손을 가져갔다. 콧구멍에 손가락을 억지로 밀어 넣어 부서진 코뼈를 치워내며 다시 숨구멍을 뚫었다.

"빠드득!"

분노에 앞서 수치심에 장조는 박현을 보며 이를 갈았다.

"네놈의 정체는 뭐냐?"

하지만 장조는 어렵게 분노를 가라앉혔다.

흑호.

한낱 인간인 줄 알았는데.

반인반신이었다.

더욱이 호족이라면 장조 역시 잘 알고 있었다.

호족만이 아니라 호랑이 일족에 대해서도 익히 알고 있었다. 호족이든 호랑이 일족이든 그 어디에서도 흑호는 들어본 적이 없었다.

『알아서 뭐하게?』

박현의 이죽거림에 장조의 뺨이 파르르 떨렸다.

하지만 성치 않은 자세로 서 있는 박현을 보며 이내 피식 조소를 머금었다.

"객기는 언제나 죽음을 자초하지."

『크크크크.』

박현의 목울대를 긁는 웃음이 거슬렸던지 장조는 미간을 찌푸렸다.

『객기로 보이나?』

장조는 허리를 펴는 박현을 보며 순간 어이없는 표정을 짓고 말았다.

발바닥이 다쳐 위태하게 서 있고, 허리를 쭉 펴자 옆구리가 다시 터져 피가 툭툭 튀어나오고 있었다.

'애송이군.'

목숨이 오가는 전장에서 허장성세라니.

보아하니 갓 탈피한 놈이 힘에 취한 게 분명해 보였다.

까드득.

그래서 더욱 화가 치밀어 올랐다.

피가 마르지 않을 날이 없을 만큼 칼날 위에서 살아온 자신이 저깟 애송이에게 얼굴을 내줬다.

"대두령이 나설 놈은 아닙니다."

장조의 오른팔이자 최측근인 두령, 병조가 다가왔다.

그도 박현의 행동을 보고 애송이라 판단한 모양이었다.

"비켜라. 내 손으로 팔다리 하나 정도는 찢어야 성이 풀릴 듯하니까."

"그러시다면."

병조는 순순히 옆으로 물러났다.

자신들을 이끄는 우두머리의 체면은 곧 일족의 체면이었으니까.

격의 차이를 알려주니 뭐니 하는 생각조차 하지 않았다.

방심이 불러온 조금 전 치욕을 깨끗하게 씻으리라.

파드득!

장조는 박현을 노려보며 등에서 날개를 활짝 펼쳐 허공으로 30cm가량 떠올랐다.

『상처 치료 안 해도 되나 봐?』

박현이 손가락으로 자신의 코를 툭툭 치며 입꼬리를 말아올렸다.

"제 죽을 자리도 모를 놈이구나."

『언제는 안 죽인다며?』

"갈!"

박현의 이죽거림에 장조는 몸을 짧게 떨다가 일갈을 내질렀다.

그러더니 장조는 조금 전과는 비교도 할 수 없을 무시무시한 살기를 내뿜으며 날갯짓으로 높이 날아올랐다.

"크하아아앙!"

그 순간 박현도 앞으로 튀어나갔다.

쿵—

하지만 발바닥을 다친 여파 탓인지 박현의 움직임은 온전치 못했다.

쾅!

그럼에도 고개를 들어 하늘에 떠 있는 장조를 올려다보며 다친 발로 크게 굴렀다.

'피가 철철 흐르는 다친 발로.'

자신이 떠 있는 허공으로 뛰어오른다고?

싸움이 주는 긴장감에 다친 발도 잊고 평소대로 움직였

으리라.

애송이에 멍청하기 짝이 없는 놈이었다.

저런 놈에게 얼굴이 엉망진창이 되다니.

'팔다리뿐만 아니라 귀와 코까지 뜯어버리마.'

"캬하아아아아!

장조는 날개를 활짝 펴며 장소(長嘯)를 터트리며 박현을 향해 뚝 떨어져 내려갔다.

"……!"

날개를 막 접으며 박현을 향해 쇄도하려는 장조의 눈이 번쩍 떠졌다.

그가 구른 발아래서 황금빛이 터진 것이었다.

그 빛은 마치 나무를 기어오르는 뱀처럼 박현의 다리를 휘감아 오르더니 복부로 스며들었다.

팡!

그렇게 박현은 황금빛을 두른 채 뛰어올랐다.

황금빛이 주는 불길함.

새의 일족은 눈이 매우 좋다.

'치유?'

그 짧은 시간 속에 장조는 불길함을 주던 황금빛이 박현의 상처를 빠르게 치료하는 것을 본 것이었다.

그렇다면.

쾅!

순간 비웃었던 그의 행동, 도약을 위한 구름은 위력적이었다.

"크하아앙!"

박현은 단숨에 뛰어올라 장조를 덮쳤다.

"흡!"

장조는 재빨리 날개를 활짝 펼쳐 박현을 향해 내리꽂히는 몸을 가까스로 세울 수 있었다. 남은 건 날개 없는 녀석이 다시 땅으로 떨어질 때 독수리가 토끼를 사냥하듯 그의 뒷목을 노리는 것이었다.

하지만.

"……!"

팟―

박현은 허공의 무언가를 밟으며 다시 도약하더니 단숨에 눈앞까지 뛰어올라 왔다.

"크르르르."

그리고 눈앞에서 울음을 내뱉었다.

아니 웃었다.

조소를 가득 담아서.

허공으로 뛰어오른 박현에 장조가 급격히 멈춰 서자, 기다렸다는 듯이 부적 한 장이 날아와 디딤돌이 되어주었다.

'역시!'

박현은 부적을 밟고 다시 도약해 장조 앞으로 뛰어올라 그를 덮칠 수 있었다.

콱!

두 발에 발톱을 세워 장조의 허벅지를 짓밟는 동시에 왼손으로 그의 어깨를 움켜잡았다.

하지만 그것이 끝이 아니었다.

퍼억—

박현은 허리를 틀며 장조의 뭉개진 코에 팔꿈치를 내리찍었다.

장조의 안면에서 다시 피가 튀었다.

"이놈!"

장조는 노여움을 터트리며 박현의 옆구리와 등에 자모원앙월을 찍었다.

"크르."

등과 옆구리에서 느껴지는 고통에 박현의 뺨이 씰룩거렸다. 그리고 그의 움직임은 더욱 거칠어지기 시작했다.

쾅!

박현은 양손으로 그의 머리를 움켜잡으며 몸을 뒤로 크

게 젖혔다. 그리고는 가차 없이 그의 얼굴 중앙에 머리를 들이박았다.

"컥!"

장조의 신음이 흘러나올 사이도 없이 박현은 자신의 머리가 깨어져도 상관없다는 듯 수차례 장조의 얼굴을 들이박았다.

피가 튀고, 이빨이 부러진 듯 하얀 치아 두세 개가 튀었다.

"이 새……."

장조는 눈을 부라리며 박현을 쳐다보았다.

검은 호랑이의 이마도 찢어진 듯 얼굴을 피로 뒤덮고 있었다.

"크르르르."

박현은 왼손을 빠르게 움직여 엄지손가락으로 장조의 눈을 찌르려 했다.

퍽!

장조는 재빨리 오른팔을 들어 박현의 왼손을 밀어내고는 그를 떨어뜨리기 위해 왼손의 자모원앙월로 그의 가슴이며 허벅지를 난도질했다.

그럼에도 박현은 아랑곳하지 않고 집요하게 그의 눈을 노렸다.

"⋯⋯!"

미쳐도 단단히 미쳤다.

상처를 입을수록 웃음을 짓는 광기 어린 박현의 모습에 장조의 눈이 처음으로 흔들렸다.

장조는 허벅지와 옆구리가 걸레가 되어서도 여전히 거머리처럼 엉겨 붙어있는 박현에게 내심 질려버렸다.

일단 그를 떨어뜨려야 했기에 장조는 날개를 휘저으며 어지럽게 날며 몸을 흔들었다.

"흡!"

떨어지지 않기 위해 더욱 달라붙을 거라 여겼는데.

『날개를 찢으면 어찌 되려나?』

박현은 왼팔로 장조의 목을 단단히 조르며 오른손으로 날갯죽지를 움켜잡았다.

찌직— 찌직—

"끄으으!"

박현이 가차 없이 날갯죽지를 잡아당기자 그 고통에 장조는 처음으로 고통에 찬 신음이 흘러나왔다.

그의 몸이 흔들리자 박현은 순간 흑사의 모습을 드러내며 부드럽게 등으로 올라탔다. 그리고 언제 모습을 바꿨냐는 듯 흑호의 모습으로 등을 밟은 채 양 날개를 잡고 섰다.

"크하아앙!"

박현은 울음을 터트리며 있는 힘껏 허리를 펴며 장조의 날개를 잡아당겼다.

찌지직— 찌직!

날갯죽지가 찢어지는 소리가 선명해져 갔고.

"끄아아악!"

결국 장조는 고통을 이기지 못하고 비명을 지르고 말았다.

그 모습에 몇몇 닷발괴물들이 돕기 위해 날아왔지만, 그에 맞춰 부적도 모습을 드러냈다.

펑! 퍼버버벙!

부적은 화려한 불꽃을 만들어내며 닷발괴물들의 접근을 막았다.

그러는 사이.

좀처럼 날개가 찢어지지 않자 박현은 양손으로 날개 하나를 움켜잡았다. 모든 힘을 날개 하나에 집중하며 다시 있는 힘껏 잡아당겼다.

촤악!

거대한 날개가 찢어지며 장조는 허공에서 균형을 잡지 못하고 바닥으로 추락해 땅에 처박혔다.

반면 박현은 부적의 도움을 받아 허공에 서 있었다.

콰직!

이어 바닥에서 고통에 몸을 떠는 장조를 향해 뛰어내리며 발로 그의 목을 밟아 부러트렸다.

"끄아……, 스흐, 스흐."

목이 부러지자 장조는 바람 빠진 풍선처럼 제대로 된 비명 소리조차 내지 못했다.

『내 팔다리를 찢는다고 했던가?』

박현은 덜렁거리는 장조의 머리를 움켜잡았다.

『어째 네놈의 머리가 찢어질 거 같은데.』

"식— 식— 식."

장조가 팔을 들어 흐느적거리며 몸부림쳤지만 이미 아무 의미 없는 몸짓에 지나지 않았다.

"크하아아앙!"

박현은 울음을 터트리며 장조를 머리를 그대로 찢어 뽑아버렸다.

"대, 대두령!"

박현은 울분에 찬 소리를 지르는 두령 병조를 향해 장조의 수급을 툭 던지며 하늘로 고개를 들어올렸다.

『자칫 늦을 뻔했어.』

결계 위에 한설린이 서 있었다.

쏴아아아—

한설린의 몸에서 흘러나온 검은 빛이 박현을 비추자 상처 입은 그의 몸이 다시 아물어갔다.

『다음은······.』

박현은 상처를 치유하며 주변을 바라보다 병조를 빤히 쳐다보았다.

『그대로 할까?』

그리고는 히죽 웃음을 지었다.

"크하아앙!"

박현은 장조를 향해 몸을 날렸다.

흑호의 등 뒤로 탐스러운 한 쌍의 날개가 활짝 펼쳐졌다.

*   *   *

"크하아앙!"

병조는 자신을 향해 달려오는 한 마리 흑호, 박현을 향해 진득한 살기를 풀풀 날리며 하늘로 날아올랐다.

그 높이는 한 번에 닿기에 애매한 높이였다.

자신을 확실하게 덮치기 위해서는 부적을 이용해 한 번 더 도약해야 할 높이였다.

병조는 의도적으로 거리를 벌린 것은 부적을 이용해 한 번 더 도약할 때 만들어진 틈을 노리기 위함이었다. 병조는 조용히 발톱을 세우고, 박현의 단도를 역으로 움켜잡았다.

주군이자, 대두령인 장조야 박현의 치졸한 수에 속아 죽었지만 자신은 아니었다.

호족이 제아무리 최강의 일족이라 하여도, 네 발을 디디고 선 땅에서나 그렇지, 이곳은 아무것도 밟지 못하는 허공이었다.

하늘은 선택받은 일족의 권역.

그리고 자신은 선택받은 일족의 두령이었다.

"가르르르!"

병조는 목울대를 긁으며 올라오는 울음을 다시 누르며 자신을 향해 도약하는 박현을 내려다보았다.

하늘의 무서움을 보여주리라.

찰나의 틈에 뒷목을 낚아채고 시퍼런 날이 선 단도로 목을 벨 것이다. 그리고 닷발괴물의 권능인 전염의 기운을 이용해 온몸을 녹여버리라.

팟!

마침내 자신을 향해 박현이 허공으로 뛰어올랐다.

'죽인다.'

병조는 단도를 꽉 말아 쥐었다.

파드득!

'……!'

그 순간 병조의 눈이 부릅떠졌다.

허공에 뛰어오른 박현의 등 뒤에 거대한 날개가 튀어나온 것이었다.

더불어 흑호의 형상은 빠르게 사라지며 새[鳥] 일족 특유의 진체가 튀어나왔다.

'어, 어떻게.'

거대한 날개를 펄럭이는 박현의 독수리 진체를 바라보는 병조의 두 눈이 의문으로 가득 찼다.

하지만 그 의문을 채 되씹기도 전에 검은 독수리로 변한 박현이 자신의 목을 향해 칼날을 휘두르고 있었다.

'헙!'

병조는 재빨리 허리를 뒤로 젖혔다.

쏴아악—

박현의 단검은 아슬아슬하게 목을 스쳐 지나갔다.

박현은 병조에게 안도의 한숨을 내쉴 여유조차 주지 않았다. 곧장 팔을 틀어 병조의 얼굴로 단검을 내려찍어 간 것이었다.

"흡!"

병조는 재빨리 단도를 들어 단검을 막았다.

캉!

단검은 아슬아슬하게 병조의 눈앞에서 멈춰 섰다.

"크크크크."

박현은 아슬아슬하게 단검을 막은 병조를 내려다보며 입 꼬리를 말아 올렸다.

"어, 어떻게? 아니 너는……."

"뭔 싸움 중에 말이 이렇게 많아? 궁금한 건 저승에 가서 알아봐."

박현은 다리를 튕겨 병조의 배 위에 올라타며 단검에 더욱 힘을 실었다. 병조는 눈앞에 겨우 멈춰 세운 단검이 서서히 밀려 내려오자 양손으로 단도를 움켜잡으며 버텼다.

병조가 버텨내자 박현은 체중을 좀 더 위로 올려 온몸으로 단검을 찍어 눌렀다.

"끄으으."

균형이 다시 깨지며 느리지만 단검은 병조의 눈에 서서히 가까워졌다.

하지만 병조는 순순히 당하지만은 않았다.

한순간 단검을 막아가는 손에서 힘을 뺐다.

쑤아악!

단검이 눈을 찌르려는 순간, 병조는 재빨리 고개를 옆으로 틀어 단검을 피했다.

서걱!

뺨이 단검에 베어졌지만 병조는 아랑곳하지 않고 재빨리

박현의 목을 향해 단도를 찔렀다.

박현의 단검이 그랬던 것처럼 병조의 단도도 박현의 뺨을 갈랐다.

핏물이 베인 뺨에서 단도로 이어져 흘러내렸다.

"제법이야."

박현이 보란 듯이 미소를 짓자 병조는 이빨을 꽉 깨물며 다시 목을 베어갔다.

스으으으으—

단도가 박현의 목을 베려는 순간 그의 형상은 마치 아지랑이처럼 흐물흐물하게 바뀌었다.

"무, 무슨……."

박현의 형상이 눈에 담기는 순간 병조의 눈이 다시 부릅떠졌다.

흡혈귀처럼 뾰족한 이빨.

위아래로 찢어진 눈.

매끈하고 기다란 몸통.

그건 뱀 일족의 모습이었다.

"너, 너는 도대……. 컥!"

도저히 이해할 수 없는 박현의 변신에 병조는 순간 머릿속 사고가 멈췄다. 박현은 그런 병조의 목을 날카로운 손톱으로 움켜잡았다.

박현은 살갗을 파고 들어간 시커먼 손톱을 통해 병조에게로 독을 밀어 넣었다.

"끄읍!"

독이 머리를 잠식하자 병조의 눈은 뒤집어졌고, 이내 몸을 부들부들 떨며 하얀 거품을 연신 내뱉었다. 그러자 병조는 더 이상 하늘에 떠 있지 못하고 땅으로 추락했다.

쾅!

바닥에 처박힌 병조는 몽롱하게 하늘을 올려다보았다.

하늘에는 자신보다 더 크고 웅장한 날개를 가진 박현의 모습이 눈에 들어왔다.

'독수리.'

한 마리 독수리가 자신을 향해 날아들었다.

'소?'

눈을 한 번 껌벅이자 독수리는 어느새 거대한 몸집을 자랑하는 소의 모습을 바뀌어 있었다. 그리고 커다란 주먹이 그의 시야를 완벽하게 뒤덮었다.

퍼석!

부서지는 소리와 함께 병조의 의식은 끊어졌다.

"쿠허어어어어!"

병조의 머리를 부순 흑우, 박현은 몸을 일으키며 거대한 울음을 터트렸다.

포악한 울음도 잠시.

박현은 고개를 내려 인간의 모습으로 멍하니 서 있는 닷발괴물들을 쳐다보며 씨익 웃었다.

그들과 눈이 마주친 순간.

쿵쿵쿵쿵쿵!

박현은 그들을 향해 몸을 날렸다.

박현은 육중한 몸이라고는 믿기지 않을 정도로 빠르게 달려 나가며 커다란 주먹을 휘둘렀다.

"헛……."

닷발괴물들은 재빨리 팔을 들어 머리를 보호했지만 아무 소용없었다.

콰직— 퍼석!

저마다 팔을 들어 주먹을 막아갔지만, 박현은 막아가는 팔마저 부수며 닷발괴물들의 머리를 부숴 갔다.

박현이 순식간에 네다섯의 닷발괴물들의 머리를 날려버리자, 인간의 모습으로 땅 위에 서 있던 닷발괴물들은 혼비백산하며 허공으로 날아올랐다.

촤아악—

거대한 흑우의 등 뒤로 날개가 활짝 펼쳐졌다.

"꺄아아아아아아!"

다시 검은 독수리로 변신한 박현은 장소를 터트리며 닷발괴물보다 더 빠르게 날아올랐다.

박현은 압도적인 속도로 닷발괴물들을 따라잡으며 단도로 날개를 찢어발겼다.

"끄악!"

"으아악!"

날개가 찢기고 베인 닷발괴물들은 제대로 균형을 잡지 못하고 다시 땅으로 추락하기 시작했다.

"쿠허어엉!"

박현은 우렁찬 흑우의 울음을 토해내며 하늘에서 바닥으로 뛰어내렸다.

쿠웅!

마치 지진이라도 일어난 것처럼 땅이 울렸다.

박현은 압도적인 힘으로 땅으로 추락한 닷발괴물들의 머리를 부숴나가기 시작했다.

"꺄아아아아아!"

일방적인 학살에 거대한 새의 모습을 한 닷발괴물이 부리를 세우며 박현을 덮쳐갔다. 길고 뾰족하고 날카로운 발톱이 흑우의 머리와 어깨를 할퀴려는 순간이었다.

"스하아아—."

진신(眞身)인 거조 모습을 한 닷발괴물을 바라보는 박현의 눈동자가 다시 세로로 갈라졌다.

울음을 흘리는 입술 사이로 뾰족한 이빨이 드러났고, 그 사이로 두 갈래의 혀가 날름거렸다.

흑사(黑蛇).

"……!"

콱!

거조 닷발괴물이 발톱으로 낚아채려 하자 박현은 그의 다리로 파고들어 그의 몸으로 타고 올라갔다. 그리고는 순식간에 목을 에워감싼 후 강하게 죄었다.

"꺄하하—, 하—, 하!"

닷발괴물은 목이 죄여지자 신음조차 제대로 내뱉지 못하고 괴로운 듯 몸부림쳤다.

콱— 우득!

박현은 그런 닷발괴물의 목을 물어 몸을 마비시킨 후 한 차례 목을 더 죄어 부러트렸다.

투웅—

목이 부러져 절명한 닷발괴물은 힘없이 바닥으로 처박혔고, 박현은 새롭게 받아드린 흑토끼의 진체로 닷발괴물을 발판 삼아 하늘로 튀어 올랐다.

한 번의 뜀뛰기로 결계의 한계까지 뛰어오른 박현은 흑우로 다시 모습을 바꾸며 다른 닷발괴물의 몸으로 올라탔다.

쾅!

그리고는 척추를 향해 주먹을 내려찍었다.

"꾸에에엑!"

척추가 부서질 듯한 충격에 닷발괴물은 고통에 찬 울음을 토해내며 등에 올라탄 박현을 떨어뜨리기 위해 어지럽게 몸을 흔들었다.

하지만 박현은 흑호로 다시 변해 발톱으로 그의 살을 움켜잡으며 그의 살을 헤집어나갔다.

처참하다.

언제 닷발괴물이 오로지 하나의 신에게 이처럼 처참하게 당한 적이 있던가.

『두, 두령!』

겁에 질린 닷발괴물들이 둘 남은 두령을 쳐다보았다.

『전염의 기운을 쏘아라!』

두령 하나가 입술을 꽉 깨물며 명을 내렸다.

전염의 기운을 쏘면 박현을 매달고 있는 동료도 죽는다.

하지만.

일단 자신이 살고 봐야 하지 않는가.

"꺄아아아아!"

"꺄하아아아!"

닷발괴물들은 일제히 박현을 향해 주둥이를 쫙 벌리며

잿빛 기운을 쏘아 보냈다.

스물이 넘는 전염의 기운이 일제히 박현과 반체의 닷발괴물을 뒤덮었다.

"꺄아아아악!"

그 기운에 휩쓸린 닷발괴물이 가장 먼저 비명을 지르며 바닥으로 추락했다.

츠츠츳—

윤기가 흐르던 깃털은 마치 불에 그슬린 듯 흔적만 남아 있었고, 드러난 피부는 흉측하게 녹아내려 구멍이 숭숭 뚫려 있었다.

『더! 더! 퍼부어!』

그만해도 되지 않을까 싶었지만 두령은 두려움을 이겨내지 못한 듯 더욱 수하들을 재촉했다.

두려움을 떨쳐내지 못한 건 다른 닷발괴물들도 매한가지였다.

그들은 한 줌의 힘까지 쥐어짜내며 전염의 기운을 박현을 향해 쏘아 보냈다.

몇 분이 더 흐른 뒤 박현을 향한 전염의 기운이 하나둘씩 끊어지기 시작했다.

『헉헉, 헉헉헉!』

『크흐, 후우—.』

지친 닷발괴물들은 불안한 눈으로 전염의 기운이 뭉쳐 있는 허공을 쳐다보았다.

『주, 죽었겠지요?』

닷발괴물들의 물음에 두 두령은 쉽사리 대답을 하지 못했다.

츠츠츠츠츠츠츠—

먹구름처럼 모여 있던 전염의 기운이 갑자기 꿈틀거리기 시작하더니 빠르게 작아지기 시작했다.

『두, 두령!』

작아진 것이 아니었다.

"스하아아—."

허공에 떠 있는, 흑사의 모습을 한 박현에게로 흡수가 된 것이었다.

그리고 만들어진 찰나의 정적.

"쿠오오오오!"

조용히 눈을 감고 있던 박현이 눈을 번쩍 뜨며 울음을 터트렸다.

그 울음은 흑사의 것이 아니었다.

흑우의 것도 아니었다.

흑호도, 흑독수리도, 흑토끼의 것도…….

아니었다.

절대자의 울음.

바로 용의 울음이었다.

콰과과과광!

흑사의 형상 위로, 용의 잔상이 만들어지며 박현의 몸에 스며들었던 전염의 기운이 용의 위엄을 더해 폭발했다. 그리고 그 기운은 무차별적으로 닷발괴물들을 집어삼켰다.

"사, 살려줘!"

『사, 살려…….』

그 폭발에 용케 살아남은 소수의 닷발괴물들은 결계에서 벗어나기 위해 온몸으로 결계에 부딪힌다든지 부리로 쫀다든지, 처절하게 몸부림치기 시작했다. 하지만 절대적 기운, 대별왕의 기운이 담긴 결계는 철옹성처럼 흔들리지 않았다.

"뭐가 그리 급하지? 아직 나의 분풀이는 끝나지 않았는데."

허공에 떠 있는 박현은 아홉의 어느 형상도 담지 않은 채 검은 기운을 풀풀 날리고 있었다.

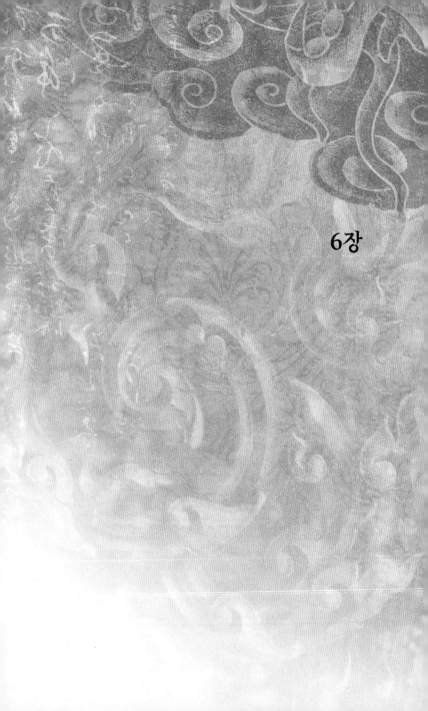

6장

퍼석!

박현은 바닥에 쓰러져서 꿈틀거리는 닷발괴물의 머리를
발로 밟아 부수며 하늘로 고개를 들어올렸다.

"꺄하아아."

구멍 난 결계 사이로 피로 점철된 닷발괴물 하나가 고통
에 찬 비명을 지르며 저 멀리 하늘로 도망치고 있었다.

"헛! 한 놈 도망갔어야! 저놈을 잡아 주리를 틀······."

서기원이 축지를 밟아 도망친 닷발괴물을 쫓으려 하자,
조완희가 그의 뒷덜미를 잡아당겼다.

"하앗! 으메? 으랏차! 우메?"

서기원은 허공에 동동 매달린 채 열심히 축지를 밟았지만 당연히 앞으로 나아가지 못했다.

"이상해야! 축지가 안 밟아져야!"

서기원은 몸을 부르르 떨며 소리쳤다.

"지랄한다."

"흐흐. 어때야, 나의 이 유쾌한 농이. 뻑 가야?"

서기원은 양손으로 뺨을 누르며 수줍게 웃었다.

"보냈어?"

박현은 그런 서기원을 무시하며 조완희에게 물었다.

"지금쯤 도착하지 않았을까? 특급 우편으로 보냈거든."

조완희는 씨익 웃음을 드러냈다.

*　　　*　　　*

"요즘 폐하의 용안이 어둡사옵니다."

황이 봉 곁으로 다가앉으며 그의 얼굴을 쓰다듬었다.

"세상사가 내 마음 같지 않아."

"그냥 소녀와 함께 폐하의 심경을 어지럽히는 찌꺼기들을 툴툴 털어버리오리까?"

"하하, 하하하."

봉은 황을 보더니 푸근하면서도 기분 좋은 웃음을 터트

렸다.

"궁이 갑갑한 모양이지?"

"아니옵니다. 이곳보다 편한 곳이 어디 있다고 그러시옵
니까."

"세상이 어느 세상인데, 답답하면 마실도 나갔다 오고
그러게. 요즘 인간들이 재미난 것들을 많이 만든 모양이야.
달라진 세상을 보는 것도 제법 쏠쏠하다 하더군."

"그저 소녀의 마음이 편치 않아서 그렇사옵니다."

황은 봉의 손을 부드럽게 감싸 잡았다.

"그냥 임자 말처럼 다 쓸어버릴까?"

"임자라 하셨습니까?"

황의 눈이 살짝 커졌다가 행복한 눈웃음으로 바뀌었다.

"그럴 마음은 있으시고요?"

"있지. 다 쓸어버리고, 새롭게 궁을 세울까 해."

봉의 눈매가 가늘어졌다.

"하온데."

"한반도의 지배자가 될 터인데, 맨바닥에서 시작할 수는
없지 않나?"

"……?"

"옥석은 가려야지. 아니 그런가?"

봉은 차가운 미소를 지었다.

"그러니 답답해도 좀만 참게. 그때는 싫어도 나와 함께 이 땅을 피로 적셔 옥토로 바꿔야 하니까."

봉은 황의 손을 토닥였다.

"무슨 일인데 그러느냐?"

황은 행복한 표정으로 봉의 품에 기댔다가 굳은 표정을 짓고 있는 서 상선과 그 곁에서 안절부절못하는 젊은 쥐소리귀신 내관을 보며 눈가를 찌푸렸다.

"그, 그것이⋯⋯."

젊은 내관이 우물쭈물하자.

"어서 고하지 못하고!"

황이 몸을 일으키며 고함을 질렀다.

"그만 나가거라. 어서!"

서 상선이 젊은 내관을 내보냈다.

"임자도 그만하고. 무슨 일이더냐."

서 상선은 잠시 머뭇거리더니 한 통의 서찰을 건넸다.

"어디서 온 것이더냐?"

봉은 아무것도 적히지 않은 봉투 겉면을 살핀 후 안을 열어보았다.

안에는 한 장의 서찰과 USB 하나가 들어 있었다.

"이게 무엇인가?"

봉은 USB를 경상에 툭 던진 후 서찰을 펼쳤다.

서찰을 읽어 내려가는 봉의 얼굴이 굳어갔다.

"폐, 폐하."

서 상선이 재빨리 봉을 불렀으나.

"틀어보라."

봉의 말과 함께 USB가 서 상선 앞으로 날아갔다.

"필시 음해일 것이옵니다."

"서 상선."

봉이 서 상선을 내려다보았다.

"오늘따라 말이 많구나. 그대답지 않아."

서 상선은 숨죽여 한숨을 내쉬고는 내관을 시켜 오디오 플레이어를 준비시켰다.

봉은 그런 서 상선의 표정을 놓치지 않았다.

그리고.

USB에는 검계와 밀약을 맺은 흑개와, 그와 동조하는 재앙의 일족 두령들의 대화가 담겨 있었다.

하지만 그게 끝이 아니었다.

"북성의 주인께서 내린 밀명에 따라 검계와 밀약을 맺었으니, 남은 건……."

흑모.

"일단 필방을 밀어내고, 내가 부회주 자리에 앉아야지.

폐하의 신임을 반드시 얻을 것이야."

흑개.

"반드시 그러셔야 합니다. 그래야 봉황의 눈을 가릴 수 있습니다. 아니 반드시 가리셔야 합니다."

"이 새끼, 나 못 믿어? 어?"

"믿습니다. 하오나 일족의 명운이 걸린 일이옵니다."

"걱정 말아."

"반드시 봉황을 죽이는 데 한 팔을 거들어야 합니다. 그래야만이……."

"그만 해도 알아먹어. 이건 내가 이기는 싸움이야. 필방은 이 일로 분명 실각하게 될 것이고, 반드시 내가 그 자리에 올라서서 폐하의 신임을 받을 테니까. 아니 그렇소?"

"암요."

"당연한 소리입니다."

"그리만 된다면."

"궁은 우리 손에 쥐여지게 되는 거지요."

재앙의 일족 대두령들의 목소리가 이어졌다.

"그리고 은밀히 검계와 북성을 불러들이면 됩니다. 그러면 새로운 하늘이 열릴 것이고, 우리는 밝은 태양 아래 천년 만년 권세를 만들어 갈 것입니다."

흑모.

쾅! 쾅! 쾅!

"일족의 찬란한 미래를 위하여."

"위하여!"

"위하여!"

찻잔인지 술잔인지 모를 잔을 치는 소리를 끝으로 더는 아무 소리도 들려오지 않았다.

파르르— 달그락 달그락!

봉의 분노에 주위 집기들이 파르르 떨리자 서 상선은 얼른 바닥으로 엎드리며 소리쳤다.

"폐, 폐하! 고정하시옵소서!"

파삭!

봉의 손에 들린 오디오 플레이어와 USB가 단숨에 부서졌다.

조금만 진중하고 세밀히 살피면 그들의 대화가 어딘가 모르게 어색하고 대화 사이사이가 튄다는 것을 알 수 있었지만, 흥분한 봉은 그 사실을 전혀 눈치채지 못했다.

하물며 USB에 담긴 원본만이라도 남겨 두었다면 후에 알아차리거나 혹은 황이 들어본 후 이상함을 깨달을 수 있었으리라.

허나 서 상선의 예상대로 봉은 분노를 참지 못하고 USB

마저 부숴버렸다.

USB가 부서지는 소리에 서 상선의 입가에 희미한 미소가 지어졌다가 사라졌다.

*　　　*　　　*

"폐하."

또 다른 궁.

동해의 용궁.

용왕 문무가 자리한 용상 앞에 정장 차림의 사내가 바싹 엎드려 있었다.

젊은 사내는 서 상선의 제자이자 후계자인 서보였다.

"오랜만이로군. 잘 지냈느냐?"

"신을 기억해 주셔서 황공하옵나이다."

서보는 바닥에 머리를 찧었다.

"기억해야지. 기억하고 말고."

용왕 문무는 등받이에서 몸을 떼 서보를 향해 몸을 가져갔다.

"짐은 원하지 않지만 그래도 짐을 위해 살아가는 그대들 아닌가."

쿵!

서보는 말 없이 그저 바닥에 머리를 찧었다.

"원한을 살까 무서워 어찌 그대들을 잊겠는가."

용왕 문무야 가벼운 농이겠지만 서보의 입장으로는 쉽게 농으로 받아들일 수 없었다. 하여 바닥에 엎드린 서보는 한동안 입을 열지 않았다.

"그래, 내게 줄 것이 있다고?"

그 말에 시녀가 조용히 서신을 건넸다.

해태와 북성.

용생구자와 박현.

그리고 검계.

재앙의 일족.

그들 사이에 일어나는 치열한 암투.

마지막으로 교묘하게 끼워 넣은 쥐소리일족이 만들어낸 암계까지.

"미련한 봉황 같으니. 쯧쯧. 해태, 이 친구야, 그대도 무슨 부귀영화를 노리겠다고. 허허허."

서 상선이 보낸 서신에는 현 상황에 대한 일들이 빼곡하게 적혀 있었다.

화르륵—

용왕 문무는 서 상선이 보낸 서찰을 불에 태워버렸다.

그리고 한동안 생각에 잠긴 듯 입을 열지 않았다.

한참의 시간이 흐르고, 흐른 후에야 용왕 문무는 입을 열었다.

"서충은 잘 지내고 있느냐?"

"서충이라 하시면……."

"스승이 그대에게 이름을 알려주지 않은 모양이로군."

용왕 문무는 아련한 눈빛을 띠었다.

"그대 스승의 이름은 충성 충(忠)자를 쓴다."

"……."

"하긴 그 이름도 진명이 아니기는 하구나."

느닷없는 이야기에 서보는 뭐라 대답할 말을 찾지 못했다.

"네 스승은 신라 마지막 어백랑(御伯郎)[1]이었다."

"그건 들어서 알고 있사옵니다."

"그래도 아예 이야기를 안 한 건 아니로구나."

용왕 문무는 깊은 눈빛을 머금으며 말을 이어갔다.

"무너진 신라의 영광을 되살리겠다고, 성도 버리고, 이름도 버리고, 그저 짐이 내려준 충이라는 글자 하나에 인생마저 버린 딱한 녀석이야."

"……."

"그토록 치를 떨며 무서워하는 쥐의 탈마저 쓸 정도이니."

용왕 문무는 가벼운 탄식을 머금으며 팔걸이를 가볍게 두들겼다.

"내준 것도, 해준 것도 없으나 천년의 세월 동안 오로지 묵묵히 어둠 속에서 짐만 바라보고 살아가고 있어. 쯧쯧쯧."

용왕 문무는 고개를 저으며 혀를 찼다.

"제 뜻도 펼치지 못한 6두품이었으면서……. 나라를 버렸어도 탓하지 않을 터인데."

계속 이어진 말은 서보에게 하는 말이 아니었다.

그걸 알았기에 서보는 그저 조용히 용왕 문무의 말을 경청하며 숨을 죽일 뿐이었다.

"천년이 넘는 세월이야. 천년이."

서보는 몸을 얕게 떨었다.

용왕 문무의 목소리가 뭔가 달라졌기 때문이었다.

"아둔한 녀석."

더불어 용왕 문무의 기운이 억세게 변해 갔다.

"짐이 졌다."

보지 않아도 알 수 있었다.

용왕 문무가 용상에서 일어났음을.

"가서 전하라."

"예, 폐하."

"짐이 그대의 스승에게 졌다고."

"하오면."

서보는 순간 고개를 들어 용왕 문무를 올려다보았다.

"내 다시 이 땅에 화려한 신라의 꽃을 피우겠노라고."

"폐, 폐하!"

서보는 감격스러운 표정으로 용왕 문무를 올려다보았다.

"대신 너희들이 해야 할 것이 있다."

"말씀만 내리시옵소서!"

"그래도 내 손에 친우의 피를 묻힐 수는 없다."

해태를 말함이리라.

"친우가 우화등선을 하는 날, 짐은 친우의 복수를 할 참이다."

봉황이 해태를 죽이게 만들라는 명.

"명!"

서보는 바닥에 머리를 찧으며 복명했다.

*　　　*　　　*

쿵!

만약, 공기에 소리가 있다면 이러한 소리가 울려 퍼졌을 것이다.

무거운 정적이 내려앉은 부회주실.

필방이 창백한 얼굴로 손을 떨며 겨우 입을 열었다.

"그, 그게 차, 참이더냐?"

"……죽여주시옵소서."

"정녕 살아 돌아온 건 너뿐이란 말이더냐!"

"……."

그의 앞에 무릎을 꿇고 있는 닷발괴물 하나가 바싹 엎드리며 죄를 청했다.

"어찌!"

필방은 자리에서 일어나려다가 힘없이 등받이에 몸을 파묻었다. 허망한 눈으로 천장을 바라보며 손으로 얼굴을 비볐다.

"분명 우리가 오는 것을 알고 있었사옵니다. 그렇지 않고서야……."

닷발괴물은 필방의 분노에서 살아남기 위해 필사적으로 말을 덧붙였다.

"함정이란 말이더냐?"

그에 필방의 목소리가 높아졌다.

"분명합니다!"

닷발괴물은 필방을 향해 고개를 들며 소리치듯 대답했다.

"미리 알고 있지 않았다면 기다렸다는 듯이 우리를 맞이하지 못했을 것이옵니다. 분명 흑개의 간악한 암계임이 분명합니다!"

콰과과광!

책상과 의자는 필방의 살기를 이기지 못하고 폭발하듯 부서져 사방으로 비산했다.

"내 당장 이놈들을 찢어죽일 것이야!"

필방의 살기가 방 안을 뒤덮었다.

"그리옵……."

가장 중요한 사실.

닷발괴물이 기이한 존재인 박현에 대해서 입을 열려는 그때였다.

끼익—

문이 열리고 서 상선이 안으로 들어왔다.

"부회주."

"오셨소?"

서 상선을 무시할 수 없기에 필방은 애써 살기를 거둬들였다. 하지만 상황이 상황인지라 목소리는 전처럼 살갑지 않았다.

"폐하께서 찾으십니다."

"나를 말이오?"

필방의 물음에 서 상선이 고개를 끄덕였다.

"끄응."

필방은 입술을 지그시 깨물며 신음을 흘렸다.

"나쁜 일은 아닐 겁니다."

서 상선이 다가서며 조용히 말했지만, 필방은 그저 쓴웃음을 지었다.

"갑시다. 부르시는데 가야지요."

필방은 성큼 발을 뗐다.

"후우―."

목숨을 보전한 닷발괴물은 안도의 한숨을 내쉬며 바닥에 털썩 주저앉았다.

"젠장."

어쩌다 이리 된 것인지.

닷발괴물은 바닥을 주먹을 내려쳤다.

끼익―

닫혔던 문이 다시 열렸다.

그 소리에 닷발괴물은 움찔하며 재빨리 무릎을 꿇고는 문을 향해 고개를 돌렸다.

부회주실로 들어온 이들은 어린 내관 넷과 젊은 내관 하나였다.

"뭐야?"

놀란 탓에 기분이 나빠진 닷발괴물은 퉁명스럽게 그들을 쳐다보았다.

"청소하러 온 것이오?"

닷발괴물은 바지를 털며 자리에서 일어났다.

"음?"

내관들 뒤에 한 궁녀가 그의 눈에 들어왔다.

새하얀 피부를 가진 궁녀가 기이하게 느껴졌다.

"부회주께서 돌아오시기 전에 청소를 해놓는 게 좋지 않겠습니까?"

젊은 내관, 서보가 중성적인 미소를 지으며 대답했다. 그 웃음이 이상하리만큼 신경을 자극했다.

'이제는 이런 놈들의 눈치를 봐야 하는 건가?'

전이라면 비록 손을 쓰지는 않겠지만, 나직하게 으름장이라도 내비쳤을 것이다. 하지만 지금은 모든 힘이 사라진 힘없는 외톨이일 뿐이었다.

"그럼 수고하시게."

닷발괴물은 쓴웃음을 지으며 문을 향해 걸음을 내디뎠다.

"······?"

그러자 어린 내관 둘이 그의 앞에 서며 걸음을 세웠다.

끼익— 탁!

다른 내관이 조용히 문을 닫았다.

"뭐야?"

가뜩이나 기분이 좋지 않은 닷발괴물이었으니, 반응도
거칠 수밖에 없었다.

"청소를 해야 합니다."

"그런데 왜 나를 막아서고 지랄이야?"

서보의 말에 닷발괴물이 노골적으로 기운을 실으며 소리
를 질렀다.

전이라면 그 기운에 눌려 눈치를 볼 쥐소리귀신들이었건
만, 앞을 가로막은 어린 쥐소리귀신 내관들은 실실 웃었다.

슬슬 화가 뻗치기 시작하자 닷발괴물의 얼굴이 일그러지
기 시작했다.

"이 새끼들 보자보……."

닷발괴물이 분노를 터트리려는 그때였다.

서보의 지시에 어린 내관 둘이 옆으로 물러나자 그들 뒤
에 서 있던 어린 궁녀가 모습을 드러냈다.

"너는 또 뭐야?"

닷발괴물의 말에 아담한 체구의 궁녀가 고개를 들어올렸
다.

'……?'

얼핏 어려 보였는데 얼굴을 보니 젊은 여인이었다.

새하얀 피부가 가장 먼저 눈에 들어왔고, 그 다음은 고운 미색이었다.

허나 그런 것은 그의 뇌리에 남지 못했다.

그녀에게서 풍기는 기운이 뭐라 할까, 섬뜩하게 느껴졌기 때문이었다.

사박—

궁녀가 붉은 입술로 미소를 지으며 두어 걸음 다가오자 비릿한 비린내가 느껴졌다.

"너, 너는 누구냐?"

기이한 섬뜩함에 닷발괴물은 저도 모르게 뒤로 한 걸음 물러나며 물었다.

궁녀는 그저 미소만 머금은 채 다시 다가섰고.

우당탕탕!

그 걸음에 맞춰 저도 모르게 뒷걸음치던 닷발괴물은 부서진 집기에 엉켜 엉덩방아를 찧고 말았다.

"소녀는 비유설백(肥腴雪白)²⁾의 독류라 합니다."

"비유설백? 그렇다면 용궁 소속인데……, 어찌 네가 왜?"

"이유는 저승에서 들으시와요."

비유설백 독류의 몸에서 거뭇한 물이 튀어나와 닷발괴물

의 몸을 뒤덮었다. 그 거뭇한 물은 마치 뱀처럼 구불구불 날아가 닷발괴물의 눈과 코, 입으로 파고들었다.

우당탕탕—

닷발괴물은 고통에 몸부림쳤지만 아무런 소리조차 내지 못했다.

그리고 그런 발악도 잠시.

곧 그의 피부는 검게 변해 갔고, 얼마 지나지 않아 몸은 축 늘어졌다.

"수고하셨습니다."

닷발괴물의 숨이 끊기자 서보가 독류를 향해 허리를 숙였다.

"용왕님의 명에 따랐을 뿐입니다."

다소곳한 독류의 말에 서보는 고개를 끄덕이며 어린 일족 내관을 쳐다보았다.

"우물가로 잘 모셔라."

"예."

독류는 고개를 숙여 인사하고는 어린 내관을 따라 부회주실을 조용히 나갔다.

"말끔히 치워라."

"예."

"예."

서보의 명에 어린 내관들이 서둘러 방 안을 청소해나갔다.

그 시각.

"서 상선."

부회주실을 나와 서 상선이 향한 곳은 봉황전 쪽이 아니었다.

"산보하며 담소를 나누기에 참으로 좋은 날씨지요?"

서 상선은 걸음을 멈춘 필방을 보며 빙그레 미소를 지었다.

"혹시 폐하께서 따로 내린 언질이 있소이까?"

필방의 말에 서 상선은 고개를 저었다.

"따로 내어드릴 말씀이 있어서 그렇습니다."

"흠."

"이 늙은이에게 시간을 좀 내어주시지요. 담소가 그리 나쁘지는 않을 겁니다."

필방은 고개를 끄덕이며 멈췄던 걸음을 다시 내디뎠다.

"서 상선."

그러나 먼저 입을 연 건 필방이었다.

"내 솔직히 지금 꼴이 말이 아니외다."

"수하들의 배신은 뼈가 아프지요."

필방은 흠칫하며 서 상선을 쳐다보다 쓴웃음을 지었다.

온 궁에 눈과 귀가 있다 하더니.

"그리 걱정하실 일이 아닙니다."

"그리 걱정할 일이 아니다?"

필방은 걸음을 멈췄다.

화를 내야 할지, 아니면 도와달라고 해야 할지, 서 상선을 쳐다보는 필방의 눈빛은 복잡했다.

"필 부회주."

서 상선도 걸음을 멈추고 몸을 돌려 그를 바라보았다.

"말씀하시지요."

"하늘이 무너져도 솟아날 구멍이 있다지요?"

"그 말씀은……."

필방의 눈썹이 꿈틀거렸다.

"필 부회주는 전생에 덕을 많이 쌓았나 봅니다."

"……?"

"구명줄까지는 아니나 솟아날 구멍은 드러났다오."

서 상선이 빙그레 웃었다.

"솟아날 구멍이라니. 그게 무슨 말이오?"

필방은 그에게 바싹 다가붙으며 물었다.

"재앙의 일족들이 뒷구멍으로 북성과 손을 잡았소."

"부, 북성? 그렇다면 해태와?"

서 상선은 담담하게 고개를 끄덕였다.

필방은 큰 충격을 받은 듯 잠시 멍하니 서 있었다.

"그리고 폐하께서도 그 사실을 알았다지요."

"그걸 어찌?"

자신도 모르는 걸 어찌 봉이⋯⋯.

"⋯⋯설마."

"재앙의 일족들의 움직임이 하도 수상하여, 불민한 이 몸이 직접 눈과 귀를 열어보았다오."

"⋯⋯서 상선."

필방은 그의 이름을 부르며 바투 다가섰다.

"서 상선!"

필방은 좀 더 힘을 줘 그를 부르며 손을 덥석 잡았다.

"고맙소. 고맙소! 내 이 은혜를 어찌."

"허허!"

서 상선은 그런 필방의 손을 토닥여 주었다.

"불만한 이 몸이 해줄 수 있는 건 여기까지외다."

"불민하다니요. 아닙니다, 아니에요."

필방은 고개를 저었다.

"고맙소. 내 은혜는 잊지 않을 것이외다."

"그리고 말입니다."

"말씀하시지요."

"부회주도 잘 아시겠지만, 무명의 누군가가 폐하께 올린 상서입니다. 그러니……."

"알겠소. 서 상선은 모르는 일이오. 아니 쥐소리귀신 일족도."

"가십시다. 폐하께서 기다리겠습니다."

서 상선의 말에 필방은 전과 달리 희망에 찬 눈으로 고개를 끄덕이더니 좀 더 힘차게 걸음을 내디뎠다.

'서로 죽이고 죽여라. 피와 살점이 뿌려진 땅이 옥토가 되어 풍요로운 새 하늘이 열릴 것이니.'

서 상선은 그런 필방의 뒷모습을 보며 입꼬리를 말아 올렸다.

*용어

1) 어백랑(御伯郞): 신라 및 통일신라, 왕의 행행(行幸)을 맡은 관청 어룡성(御龍省)의 차관급 관직으로, 국왕의 비서직에 해당한다.

2) 비유설백(肥腴雪白): 여인의 모습을 한 하얀 물고기고, 피부가 매우 희고 깨끗하다 한다. 바닷가 인근 커다란 호수 깊은 곳에 살며, 신비한 힘을 가지고 있다 한다. 그녀가 사는 호숫가에는 기이한 나무가 있는데 열매는 독을 지니고 있다 한다.

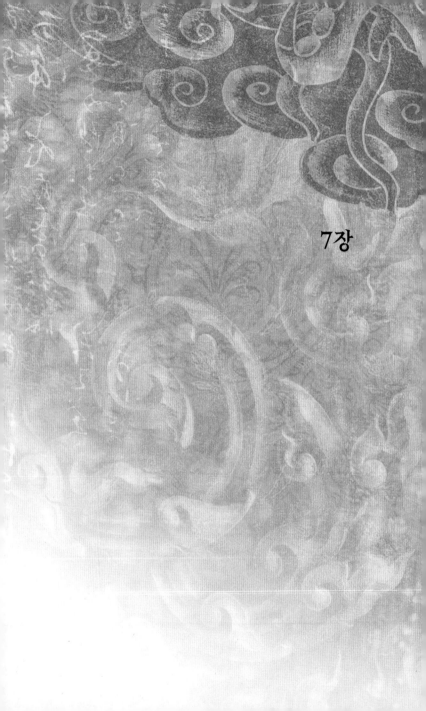

7장

서 상선이 봉황전에 오르기 전.

부회주실에서 일을 마친 서보가 조용히 다가왔다.

"말끔히 처리했느냐?"

"독류의 도움으로 손쉽게 처리했습니다, 스승님."

"모시는 데 불편함이 없어야 할 것이야."

"예, 스승님."

서보의 대답에 서 상선이 고개를 끄덕였다.

"재앙의 일족은 어찌하고 있는가?"

서 상선의 물음에 모퉁이를 사이에 두고 목소리가 건너
왔다.

"지금쯤 축배를 들고 있을 겁니다."

"축배라. 어리석은 녀석들."

"어찌하오리까?"

"상황을 봐서 판단할 생각이네."

"……."

"내 자네 마음을 모르는 바는 아니나 최대한 많은 피를 뿌리고 죽어야 해. 그게 그들이 살아 있는 마지막 이유이니."

"대신 흑개의 머리는 제게 주셔야 하옵니다."

"암! 주지. 줘야지. 그대나 우리나 한으로 살아가는 이들이 아니던가."

서 상선은 두어 걸음을 내디뎌 모퉁이 너머를 쳐다보았다.

어둑한 곳에 흑모가 서 있었다.

"건강해 보이는구나."

"어린 내관들로 하여금 항상 지켜보지 않으십니까?"

무뚝뚝한 목소리였지만 날은 서 있지 않았다.

"그래도 내 눈으로 보는 것보다 못하지 않나."

무뚝뚝한 흑모와 달리 서 상선은 푸근한 눈으로 그를 쳐다보았다. 그 눈빛과 걱정 어린 말에 흑모의 얼굴은 희미하나마 부드러워졌지만, 이내 표정이 지워졌다.

"이제 제가 무엇을 하면 되겠습니까?"

"좀 더 기고만장하게 만들게. 이왕이면 안하무인이면 더욱 좋지. 언제라도 필방을 덮칠 수 있게."

"그리합지요."

흑모는 잠시 생각에 잠기더니 고개를 끄덕였다.

"흑모야."

서 상선은 그런 그를 자애로운 목소리로 불렀다.

"……."

"이제 얼마 남지 않았다. 나의 한도, 너의 한도."

그 말에 흑모의 눈동자가 파르르 떨렸다.

"조금만 힘을 내자구나."

"이만 가보겠습니다."

흑모는 머리를 살짝 숙인 후 빠른 걸음으로 사라졌다.

"사제들에게 들은 바 흑 사형이 생각 이상으로 일 처리가 확실합니다, 스승님. 두억시니뿐만 아니라 재앙의 일족을 휘어잡았더군요."

"사형이라."

포근했던 서 상선은 언제 그랬냐는 듯 표정이 차갑게 변했다.

표정만큼 냉기가 흐르는 목소리에 서보가 흠칫했다.

"그래, 너의 사형이지. 그리고 나의 양아들이자, 제자이기도 허고."

서 상선은 말을 흐리며 몸을 돌렸다.

"허나 명심하거라."

"하문하시옵소서."

"찬란한 하늘 아래 재앙은 없어야 할 것이야."

"……스, 스승님?"

"새로이 열릴 하늘은 태평성대가 되어야 해. 폐하께 누가 되는 것은 그 어떤 것도 용납하지 않을 것이야."

"……하오면."

서보의 눈이 흑모가 서 있었던 곳에서 파르르 떨렸다.

"피가 다름을 명심하여라."

"……."

"기구한 팔자를 내 어찌할까. 정 그리 신경이 쓰이면 허튼 생각 말고 훗날 젯밥이나 잘 챙겨주어라."

서 상선은 냉정하게 몸을 돌렸다.

"거짓된 폐하가 이 늙은이를 많이 기다리시겠어."

서 상선은 종종걸음으로 봉황전으로 올랐다.

＊　　　＊　　　＊

"어제 닷발괴물 한 새끼가 허겁지겁 필방의 전각으로 뛰어가는 것을 보셨습니까? 으하하하!"

야구자 대두령 견두가 대소를 터트렸다.

"암, 보았고말고요. 몰골이 참으로 볼만하더이다."

그슨대 대두령 명귀도 맞장구를 쳤다.

"이제 필방의 팔다리가 다 잘려나갔는데 어찌할 셈인지
요?"

모란등불 대두령 수란등이 슬쩍 자리에서 일어나 흑개의
무릎에 앉았다.

"수 대두령?"

그녀가 갑자기 안겨 오자 흑개는 놀란 듯 그녀를 쳐다보
았다.

"아이 참, 흑 대두령도."

그러자 수란등은 부끄럽다는 듯 흑개의 가슴을 툭 치더
니 더욱 깊게 그의 몸으로 파고들었다.

수란등은 사람을 홀리는 모란등불 일족의 대두령답게 미
색이 아주 뛰어났다.

흑개는 전부터 마음이 동했지만, 그녀가 워낙 도도하고
까칠했기에 좀처럼 눈치만 보고 다가가지 못했었다.

그런 그녀가 먼저 품에 안겨 왔다.

흑개는 소리 죽여 침을 삼키며 은근슬쩍 그녀의 허리에
팔을 둘렀다. 그러자 그녀는 기다렸다는 듯이 더욱 달싹 달
라붙으며 가슴에 손을 넣어 쓰다듬었다.

전에도 안기더니, 우연이 아니었다.

수란등은 고혹적인 눈웃음을 지어 보였다.

"이제 필방을 쳐내셔야지요."

미색에 홀린 듯 흑개는 수란등의 말에 고개를 끄덕였다.

흑개는 부러움을 감추지 못하는 견두와 명귀를 보며 뿌듯하게 턱을 세웠다.

"쳐내야지."

그리고 거만하게 입을 열었다.

"그런데, 흑 대두령."

수란등은 목소리에 콧소리를 섞었다.

"군사가 안 보이네요."

"흑모 말인가?"

흑개는 허리에 두른 손을 슬금슬금 엉덩이로 내렸다.

"그러고 보니 흑 군사도 짝이 없지요?"

"녀석. 두억시니답지 않게 목석이야, 목석."

"그래요?"

수란등이 눈을 반짝이며 혀로 붉은 입술을 훑었다.

"혹시 그 새끼한테 마음이라도 있나 보지?"

순간 질투심에 조금은 신경질적인 목소리로 물었다.

"호호호호."

수란등은 갑자기 웃음을 터트리더니 고혹적인 눈으로 흑

모의 얼굴을 양손으로 감쌌다.

"이미 소녀의 마음속에 들어오신 분이 그런 말씀을 하시다니요."

"그, 그래?"

"내 밑에 화란이라는 아이가 있어요."

"화란?"

흑개도 아는 이였다.

그녀의 측근으로 미색 또한 수란등에 못지않은 여인이었다.

"우리 군사의 짝으로 지어 주면 어떨까 싶네요."

"흠."

흑개는 고심하는 척 침음을 삼켰다.

솔직히 양팔에 둘을 끼고 싶은 마음이 굴뚝같았지만, 흑모는 자신에게 없어서는 안 될 수하였다. 그리고 그가 있었기에 도도한 수란등도 자신의 품에 안는 호사도 누릴 수 있다는 것을 잘 알고 있었다.

더불어 뻣뻣한 견두와 명귀도 자신의 눈치를 살피고.

"혹시?"

눈치 빠른 수란등의 반응에 흑개는 얼른 고개를 저었다.

"무슨 생각을 하는 건가? 나는 아름다운 꽃 한 송이면 족해."

"아잉! 응큼한 양반이였네."

흑개가 엉덩이를 움켜잡자 수란등은 묘한 신음을 흘리며 흑개의 가슴을 툭 치며 눈을 흘겼다.

"험험. 그런데 군사는 어디 가셨나?"

견두가 어색하게 헛기침을 내뱉으며 화제를 돌렸다.

"봉황전 분위기를 알아본다고 잠시 자리를 비웠네."

"봉황전?"

"그 녀석 비위도 좋지. 은근히 어린 내관들과 잘 지낸단 말이야."

호랑이도 제 말하면 온다고.

흑개가 막 말을 늘어놓는 그때 흑모가 안으로 들어왔다.

"다녀왔습니다."

"왔나?"

"예, 대두령."

흑모의 표정은 상당히 굳어 있었다.

"우리 군사의 표정이 별로 좋지 않네요."

수란등.

"왜, 무슨 일 있소이까?"

견두.

"표정이 왜 그리 안 좋아?"

흑개도 낯을 찌푸리며 물었다.

"상황이 그다지 좋지 않습니다."

흑모의 목소리는 상당히 굳어 있었다.

"뭐가?"

흑개의 목소리가 날카로워졌다.

"무슨 일인가요?"

수란등도 다시 제 자리에 앉으며 물었다.

"필방이 요사스러운 혀로 폐하의 마음을 흔들어놓고 있
사옵니다."

"폐하의 마음을?"

흑개의 표정이 굳어졌다.

"무슨 말이 오갔는지 좀 더 정확하게 알려주시오."

견두가 답답한 듯 채근했다.

"필방이 우리가 권력을 탐하며 내부분란을 조장한다며
폐하께 성토를 하고 있사옵니다."

"내부분란?"

"더욱이 우리가 검계와 손을 잡은 게 틀림없다고 소리
높이고 있습니다. 그러지 않고서야 닷발괴물족이 몰살당할
일이 없다 합니다."

그 말에 재앙의 일족 대두령들의 표정이 굳어졌다.

"혹시 필방이 물증을 잡은 것이오?"

명귀의 물음에 흑모는 그를 빤히 쳐다보며 무미건조한

목소리로 되물었다.

"무슨 말씀들을 하시는 건지요. 물증이라니요."

확고한 부정.

"이 몸은 명 대두령이 무슨 말씀을 하시는지 모르겠습니다. 혹시 이 몸이 모르는 것이 있사옵니까?"

당연히 있을 리 없었다.

"그래서 이제 어쩌면 좋나?"

흑개가 물었다.

"필방은 단독으로 폐하를 접견할 수 있지만 우리는 그러지 못하지요."

"그래서?"

"만반의 준비를 해야 할 것 같습니다."

"만반의 준비."

"사후약방문이라 하였습니다."

"사후……, 뭐?"

흑개는 '빌어먹을 놈'이란 말을 삼키며 되물었다.

"여차하면 힘으로 필방을 밀어내고, 후에 폐하를 찾아 신임을 얻으면 됩니다."

"그게 사후, 뭔가 그건가?"

"그렇습니다, 대두령."

"일단 필방을 밀어버리자."

흑개는 세 대두령들을 쳐다보았다.

"지금 폐하께서 믿고 쓸 칼이 부족합니다. 그러니 더할 나위 없는 충성을 보인다면 폐하께서는 우리 일족들을 폐하의 칼로 받아들이실 겁니다."

흑모가 말을 덧붙였다.

"어찌 생각하나?"

"생각이나 할 것 있소. 어차피 이제 그놈이 죽나 우리가 죽나 아니오?"

"본신은 찜찜한 암계보다는 직접 목을 치는 게 더 낫소이다."

견두와 명귀.

"그럼 결론 났네요."

수란등도 마음을 다잡으며 흑모를 쳐다보았다.

"잘못될 일은 없겠지요?"

"마지막 큰 고비입니다."

"그 고비 너머에는 화려한 날들이 있겠지요?"

"무주공산. 그 자리를 차지할 이는 그리 많지 않습니다."

흑모의 이어진 말에 수란등이 탐욕스러운 미소를 지었다.

"만반을 기해 준비할게요."

"언제라도 필방을 덮칠 수 있게 준비해 주시기를 부탁드리겠습니다."

수란등의 대답을 들은 흑모는 견두와 명귀를 쳐다보았다.

"오랜만에 나서는 사냥이군."

"사냥은 몰이사냥이 재미있지, 크크크."

견두와 명귀는 긴장감을 애써 감추며 잔혹한 웃음을 드러냈다.

그런 그들의 모습을 바라보며 흑모는 흑개를 내려다보았다.

'어머니. 이제 얼마 남지 않았습니다.'

무심한 눈이 한없이 더 가라앉았다.

*   *   *

김포공항 입국장.

"어라?"

일본에서 돌아오던 애자가 가벼운 차림으로 입국하는 다섯째 도철을 보자 잠시 눈을 깜빡이고는 고개를 들어 비행기 편명을 쳐다보았다.

"여어—. 우리 귀여운 아가씨. 잘 지냈어?"

민머리에 험상궂은 인상의 용생구자, 다섯째 도철이 건들건들 다가왔다.

"뭐야? 왜 여기서 나와?"

애자는 미간을 찌푸리며 물었다.

"오랜만에 봤으면서 뭘 그렇게 인상을 또 쓰고 그러냐?"

"이 화상아. 큰오라버니가 오라고 한 지가 언젠데 어디 처박혀있다가 여기서 나와?"

"적당히 하자. 이 오빠 피곤하다."

"뭐? 적당히?"

애자는 발을 들어 도철의 정강이를 후려 찼다.

"아얏!"

도철은 덩치에 어울리지 않게 생각보다 큰 비명을 지르며 정강이를 부여잡고 깨금발을 뛰었다.

부끄러움의 몫은 애자의 몫이었다.

"입 닥쳐!"

애자는 도철의 귀를 움켜잡아 구석으로 끌고 갔다.

"아야! 아파! 으아아!"

도철은 기괴한 비명을 지르며 질질 끌려갔다.

"아이 씨! 거~ 조용 좀 합시다!"

그 소란에 누군가 신경질적인 소리를 내뱉었다.

툭.

도철은 애자의 손을 툭 쳐 풀며 소리친 이를 쳐다보았다. 운동을 한 듯 제법 덩치가 있는 사내였다.

"뭐라고 씨불였냐? 응?"

도철은 한 무리 인파 속에서 소리친 이를 기가 막히게 찾아내 그의 앞에 섰다.

"여기 당신들만 있는 것도……."

사내의 목소리는 처음과 달리 조금씩 기어들어 갔다.

그도 한 덩치를 했지만 도철에 비할 바는 아니었고, 더욱이 목과 손등에 언뜻 드러난 문신과 풍기는 거친 냄새는 금세 사내의 기를 죽여버렸다.

"뭐라고 씨불였냐고 묻잖아."

도철은 눈꼬리를 내린 사내의 가슴을 손가락을 툭툭 찌르며 다시 물었다.

"입에 본드를 처발랐나. 야, 대답 안 해?"

도철이 더욱 그를 거칠게 몰아붙였고, 주변의 사람들도 슬금슬금 눈치를 보며 자리를 피하기 시작했다.

"아얏!"

애자는 화난 표정으로 다가가 도철의 귀를 다시 움켜잡았다.

"좋은 말할 때 조용히 따라와라."

그녀는 어금니를 꽉 깨물며 조용히 말했다.

"미안해요."

그리고는 어색한 웃음으로 이름 모를 사내에게 사과하며

도철을 끌고 입국장 밖으로 나갔다.

그리고 애자가 그를 끌고 간 곳은 김포 외곽 어느 야산이었다.

"말해 봐."

"뭘?"

"뭐하다 이제 왔어?"

애자는 허리에 손을 얹으며 도철을 째려보았다.

"뭘 또 그렇게 쳐다보고 그러냐. 이 오라버니 안 보고 싶었어?"

"야! 도철."

도철이 능글맞게 넘어가려 하자 애자는 더욱 딱딱해진 목소리로 그의 이름을 불렀다.

"진짜 보자 보자 하니까. 야 인마! 내가 니 친구야? 어? 이게 동생이라고 봐주니까."

도철도 더는 못 참겠다는 듯 으르렁 화를 드러냈다.

퍽!

애자는 그 자리에서 사라지더니 도철의 정강이를 다시 발로 걷어찬 후 다시 제자리로 돌아갔다.

"아얏!"

도철은 무릎을 잡고 그 자리에서 동동 뛰었다.

"말해라. 좋은 말 할 때."

애자의 몸에서 슬금슬금 거친 기운이 흘러나오자.

"그만 좀 해!"

도철도 짜증이 난다는 듯 소리를 질렀다.

"알았어. 들어보고 어지간하면 넘어 갈라 했는데, 둘째 오라버니한테 말하지 뭐."

애자가 몸을 홱 돌리자 도철이 얼른 그녀의 팔을 잡았다.

"그렇다고 뭘 또 형님한테 이른다고 그러냐?"

이문의 이름이 나오자 도철은 금세 태세를 전환하고 꼬리를 말았다.

"말해. 뭐하다 이제 온 거야?"

"……그게."

도철은 잠시 머뭇거렸다.

"그 시각 비행기면 중국인가?"

중국이 거론되자 도철은 순간 움찔거렸다.

애자는 그 모습을 놓치지 않았다.

"또 그 새끼들 만나러 건 거야?"

"새끼들이 뭐냐? 새끼들이. 그래도 오빠 친구들인데."

"하아—."

애자는 한숨을 푹 내쉬었다.

중국에는 유명한 골통 사인방이 있었다.

사실 골통이란 것도 용생구자에서나 그리 부르지 인간들

에게는 재앙이나 다름없는 이름들이었다. 오죽했으면 중국에서는 그들을 사흉(四凶)[1]이라 부르며 두려워하며 경시했을까.

"도올(檮杌)이라고 알지?"

"전가(家)의 도올[2]?"

"왜, 기억하지? 그 녀석 백여 년 전에 늦둥이 아들 하나를 낳았잖아."

"그런데?"

"그 녀석이 실종되었어."

순간 무언가를 떠올릴 듯 말 듯 애자의 머릿속이 연신 간질간질거렸다.

"너도 알잖아. 그 녀석이 얼마나 늦둥이를 오냐오냐 키웠는데."

"그래서 천하에 벌거숭이가 되었지. 그래서?"

애자는 표정 관리를 하며 물었다.

"친구 놈이랑 놀러 간다고 나간 뒤로 연락이 끊겼어."

"친구면……."

"후라고 뭐 격은 떨어지는데 나름 싹수가 보이는 일족의 아이야."

애자의 눈매가 순간 굳어졌다.

후와 도올.

사행문.

그리고 강시.

'젠장!'

도올이 워낙 난봉기질에 이래저래 새끼를 낳아놓고는 나 몰라라 하는 터라, 그냥 싸질러놓은 일족 중 하나라 여겨 별로 개의치 않았었다.

그런데 박현과 그의 수하들에게 죽임을 당하고, 그 후 신 강시가 된 도올과 후. 그 도올이 도올 일족의 시조(始祖)이 자, 중국 사흉의 일좌를 차지한 전가 도올의 이쁨을 받는 늦둥이었을 줄이야.

당혹감이 선명하게 드러났지만, 그나마 도철이 눈치가 없어 그 표정을 알아차리지 못했다.

"그래서?"

"뭐가 그래서야? 적당히 달래주고 왔지."

"그게 끝?"

"내 알 바가 뭐야. 수틀리면 한바탕 뒤집겠지."

도철은 심드렁하게 대답했다.

"갑자기 웬 자식 사랑이래."

"난들 아나. 몰라~ 그 새끼. 지 꼴린 대로 사는 게 하루 이틀도 아니고."

이어진 물음에 귀찮다는 듯 손을 휘휘 저었다.

"그런데 웬일이냐. 도올이나 혼돈, 궁기 이름만 들어도 치를 떨더니. 그래도 오라버니 친구라고 걱정해주는 거야? 그런 거야?"

도철은 인중을 쭉 늘리며 게슴츠레한 눈으로 애자를 쳐다보았다.

"수작 부리지 말고."

"하여튼 말 맵시하고는. 참 곱다, 고와."

도철은 그러면 그렇지 하는 표정을 지었다.

"맞다. 내가 누누이 말했지. 아무것도 모르는 일반인들을 건들지 말라고. 그랬어? 안 그랬어?"

애자는 은근슬쩍 대화를 돌렸다.

"하찮은 인간들을 뭘 그렇게 신경 쓰고 그래."

"그러다 문제 생긴다 했지."

"흥!"

도철은 콧방귀를 뀌었다.

"문제가 생길 게 뭐가 있다고."

"그래? 그럼 이문 오라버니한테……."

"알았어! 알았다고!"

도철의 거만하고, 독단적인 성격을 비춰보면 영 미덥지 않지만 일단 대답을 했으니 한동안은 성질을 좀 죽이고 잠잠할 것이다.

더불어 일단 신경을 돌리기도 했고.

"그런데 너는 어디 갔다 오는 길이냐? 보아하니 일본에서 온 거 같은데."

"어, 어?"

"뭘 그렇게 놀래?"

도철의 눈초리가 가늘어졌다.

"네 성격에 큰형님이 부르면 곧장 달려왔을 거고. 일본을 경유했을 리도 없고."

눈치가 없는 도철도 알아차릴 만큼 애자의 당황한 표정이 선명했던 모양이었다.

"휴우—."

잠시 망설이던 애자는 한숨을 내쉬었다.

"사실 말이야."

어차피 도철도 알아야 할 일.

애자는 그간 있었던 일을 천천히 풀었다.

＊　　　＊　　　＊

용궁.

"심란해 보이십니다."

용왕 문무와 다탁을 사이에 두고 마주 앉은 희끗희끗한

수염을 가진 거북이 상의 장년의 사내, 신구(神龜)³⁾가 차를 따르며 입을 열었다.

"짐이?"

용왕 문무는 그가 따라준 찻잔을 들며 되물었다.

"여기 신과 폐하, 단 둘뿐이옵니다."

"영 내 꼴이 말이 아닌 모양이야."

용왕 문무는 피식 웃음을 삼켰다.

"혹시 친우이신 해태 님 때문이십니까?"

"해태라."

용왕 문무는 고개를 저었다.

"어차피 일이백 년이면 우화등선할 녀석이야."

용왕 문무의 눈에 착잡함이 담겼다.

"당장 척을 지지 않아도 돼."

"하오면."

"무서워서 그러네. 무서워서."

"……?"

"짐 속에서 깨어나려는 욕망이 짐을 잡아먹을까 무서워."

"폐하."

"아니 이미 깨어났지. 결국 서충이 녀석이 깨우고 말았어."

용왕 문무는 신라가 망한 뒤 동해에 은둔한 채 외부 활동을 거의 하지 않았다.

마치 죽은 듯.

바다를 무덤 삼아.

더는 바다에서 나갈 생각이 없다는 듯, 족히 천 년을 그리 살았다.

"진정 무서우신 겁니까?"

"솔직히 말해줄까?"

신구의 물음에 용왕 문무가 그를 빤히 쳐다보았다. 신구가 고개를 끄덕이자 천천히 입을 열었다.

"내 욕망이 이리 컸나 싶어."

술잔을 비우듯 찻잔을 단숨에 비운 용왕 문무는 피식 웃으며 빈 찻잔을 내려다보았다.

"인간들이 황제를 가리켜 후안무치(厚顔無恥)라 하였사옵니다."

"그래서?"

"하물며 폐하는 용이시옵니다. 또한 바다의 제황이기도 하시지요."

"……?"

"그깟 욕심을 부려도 뭐라 할 이는 없사옵니다. 범인이 일을 벌이면 욕망에 사로잡혔다 손가락질하겠지만, 폐하께서 일을 벌이시면 하늘을 향한 기치(旗幟)를 세웠다 할 것이옵니다. 그리고 다들 숨을 죽이고 폐하의 행보를 지켜보겠지요."

"흠."

용왕 문무는 신구를 빤히 쳐다보며 복잡한 침음을 내뱉었다.

"이왕지사 바다도 가지셨으니 땅도 한번 가져보심도 나쁘지 않아 보이시옵니다."

"······."

신구의 말에 용왕 문무의 눈에서 불이 일 것처럼 뜨거운 욕망이 표출되었다.

"이 말을 듣고 싶으셨던 거 아니셨는지요."

"어쩌면."

용왕 문무는 이내 고개를 저었다.

"아니 그대 말처럼. 그 말이 듣고 싶었던 모양이군."

용왕 문무는 복잡한 마음을 털어낸 듯, 아니 애초에 옷가지에 묻은 먼지처럼 털어내려 했던 것처럼 단번에 털어버렸다.

"이제 감추지 않으셔도 되옵니다. 가지십시오. 이는 신의 마음이자, 온 바다의 마음이기도 하옵니다."

용왕 문무는 신구의 찻잔에 차를 채웠다.

"가장 먼저 뭘 해야 할까?"

"이미 신경 쓰이는 이가 있지 않사옵니까?"

"신경 쓰이는 이라."

용왕 문무의 머릿속에 박현이 떠올랐다.

해태의 후계자.

그리고 용생구자의 적자.

용왕 문무는 느꼈다.

자신이 한반도의 왕이 되기에 가장 큰 걸림돌은 봉황도 아니고, 해태도 아니며, 용생구자도 아님을.

바로 박현임을 직감했다.

'그 녀석.'

그 아이가 악기에 휘말려, 해태의 청을 이기지 못하고 치료했을 적 어렴풋이 느꼈다.

어쩌면 용이 아닐 수도 있다는 것을.

그 말은 즉, 박현이 용생구자의 진실된 적자가 아닐 수 있다는 뜻이기도 했다. 아니 어쩌면 자신이 모르는 그 무언가, 예를 들면 그저 모계의 피가 진하게 섞였을지 모른다.

확실한 것은 없다.

허나 아무 상관 없다.

중요한 건 의심 한 조각을 던지는 것이다.

"일단 용생구자와 박현이라는 아이 사이에 의심 한 조각을 던져봐야겠군."

"친이리지(親而離之), 적이 친하게 지내면 그들을 이간질하라. 손무도 손자병법에서 다뤘을 만큼 이보다 간편하고 효과가 좋은 병법은 없지요."

신구는 미소를 드러내며 찻잔을 내려놓았다.

"신이 용생구자와 자리를 한번 마련해 보지요."

"천천히 하시게. 아직 해태가 우화등선하기엔 시간이 많이 남아 있으니까."

"천천히, 단단하게 다져놓겠사옵니다. 그 토대에 폐하의 진정한 하늘이 열릴 수 있도록 말이옵니다."

신구의 말에 용왕 문무는 그저 담담한 표정을 지었지만 이글거리는 눈빛만은 어쩌지 못했다.

＊　　　＊　　　＊

"어디 가야?"

박현이 외투를 입고 나오자 거실 소파에 누워서 과자를 먹던 서기원이 물었다.

"할아버지 좀 뵙고 오려고."

"해태 님이어야?"

"어."

"갑자기 왜야?"

"과자 다 먹고 청소기 돌려라."

박현은 신발을 신고 현관문을 열고 밖으로 나갔다.

그리고 북쪽으로 막 축지를 밟으려는 그때였다.

"……!"

박현은 눈을 부릅뜨며 하늘을 올려다보았다.

"네가 막내라고?"

도철이 하늘에 떠서 박현을 내려다보고 있었다.

"순수한 아버지의 기운에 잡스러움이 섞여 있다고?"

"오빠! 진짜!"

애자가 뒤늦게 그를 말리려 했지만.

"다들 뭘 그렇게 복잡하게 생각해. 그냥 알아보면 될 것을."

도철은 애자를 옆으로 밀어내며 다시 박현을 향해 내려다보았다.

"각오해라. 죽기 싫으면. 또, 하찮은 잡기를 가졌다면 그래도 죽겠지만."

그의 몸에서 거대한 기운이 터졌다.

"캬후우우웅!"

이어진 울음은 한순간 무당골목을 뒤흔들었다.

*용어

1) 사흉(四凶): 도올(檮杌), 혼돈(渾沌 또는 混沌), 궁기(窮奇), 도철(饕餮).

2) 도올: 춘추좌씨전[공자가 지은 노나라(魯)의 역사서인 춘추(春秋)의 주석서]에는 황제 헌원의 손자 전욱의 아들이라 전한다.

3) 신구(神龜): 용의 얼굴을 가진 거북, 입으로 상서로운 기운을 내뿜는다.

8장

거대한 기운이 하늘을 뒤덮었다.

숨쉬기도 어려울 정도로 압박감이 온몸을 짓눌렀다.

박현은 그 기운을 온몸으로 받아들이며 도철을 올려다보고는 눈살을 찌푸렸다.

'도철.'

애자와 함께 와서가 아니어도 용생구자 형제들 특유의 기운이 느껴졌기에 그가 도철임을 알 수 있었다.

사흉 중 하나라고 했던가?

그 말은 말종이란 뜻.

그러는 사이 애자는 동에 번쩍 서에 번쩍해가며 겨우겨

우 상황을 수습해 나가고 있었다.

무당골목 전체에 1차적으로 결계를 쳤고, 그 다음으로 박현의 집에 2차 결계를 쳐 확실하게 외부와 단절시켰다.

"뭐, 뭐여야!"

서기원이 투박한 기운을 두른 채 마당으로 튀어나왔다.

"잠시 피해 있어."

"누군데 그래야?"

"도철."

"도철이면……."

서기원은 서서히 진신을 들어내는 도철을 올려본 후 고개를 끄덕이며 뒤로 물러났다.

"캬후우우웅!"

도철의 진신은 참으로 괴기했다.

늑대를 닮은 거대한 머리에 풍성한 갈퀴가 나풀거렸다. 그리고 몸통은 완전히 사라졌는지 아니면 갈퀴에 파묻혔는지 보이지 않았다.

"크하!"

도철은 마치 모든 것을 집어삼키려는 듯 상상조차 안 될 만큼 입을 크게 찢어 벌리며 박현이 서 있는 곳으로 달려들었다.

쾅!

박현은 다리를 크게 굴려 허공으로 몸을 날리며 날개를 활짝 펼쳤다.

콰콱!

박현이 서 있던 자리는 마치 운석이라도 떨어진 것처럼 패여 있었다.

패인 구덩이 주위에는 선명한 이빨 자국이 나 있었다.

"크르르, 꿀꺽."

머리뿐인 도철은 고개를 틀어 박현을 올려다보며 입안 가득한 흙더미를 꿀떡 삼켰다.

그리고는 씨익 웃었다.

아귀(餓鬼)는 저리 가라 할 정도로 식탐에 빠져 모든 걸 먹어치우는 놈이라 들었는데, 흙마저 먹어치울 줄이야.

미쳐도 단단히 미친놈이 분명했다.

도철은 박현을 바라보며 침이 잔뜩 묻은 혀로 입술을 핥았다.

"캬후우우웅!"

그러더니 다시 박현을 향해 입을 쫘악 벌리며 날아들었다.

제아무리 도철이 하늘에서 자유롭게 날아다닐 수 있다 하여도 백독수리로 변한 박현의 빠름을 이길 수 없었다.

박현은 곡예에 가까운 움직임으로 도철의 뒤로 날아가

머리 위에 올라탔다.

"쿠르―."

박현은 빠르게 백우로 변해 왼손으로 그의 털을 강하게 움켜잡아 자세를 잡았다.

콰앙!

이어 커다란 주먹으로 그의 정수리를 내려찍었다.

"크르르르."

『간지럽다, 이 쥐방울만 한 새끼야.』

도철은 가볍게 머리를 털었다.

『납작하게 눌린 쥐포도 맛있지.』

그러더니 갑자기 머리를 뒤집어 바닥으로 툭 떨어졌다.

'흡!'

박현은 갑자기 하늘이 뒤집어지며 급격히 땅이 머리를 덮쳐오는 것을 느꼈다.

박현은 다리를 튕기며 날개를 활짝 펼쳤다.

퍽!

아슬아슬하게 땅을 스치듯 하늘로 날아오르는 듯했지만, 그런 그의 얼굴로 채찍 같은 것이 날아와 후려쳤다.

박현은 제대로 하늘로 떠오르지 못하고 집 벽으로 날아가 부딪혔다.

어질어질함에 박현은 머리를 털며 고개를 들었다.

"캬후우우웅!"

도철은 다시 크게 입을 짝 벌려 마치 불도저처럼 잔디마저 옆으로 밀려내며 박현을 향해 머리를 밀고 들어왔다.

문제는 그 속도였다.

자동차가 폭주하듯, 까딱하다가는 집어 삼켜질 상황이었다.

"흡!"

박현은 진체를 백토끼로 바꿔 하늘로 뛰어올랐다.

콰드드드득!

아슬아슬하게 도철의 머리가 다리 아래로 지나갔다.

"미친!"

박현의 입에서 육두문자가 튀어나왔다.

"아그작, 아그작, 꿀꺽!"

도철은 벽을 뚫고 들어가 집 일부분을 부숴 먹어버린 것이었다.

"이 정도면 막 가자 이거지?"

금예도 그렇고.

박현의 얼굴이 화작 일그러졌다.

솨아아아—

새하얀 기운이 검은빛으로 변하는 데 오랜 시간이 필요치 않았다.

"혀, 현아!"

박현이 화가 나면 어찌 되는지 익히 경험한 애자가 다급히 그를 불렀지만, 아무 소용없었다.

이미 박현의 모든 신경은 도철을 향해 있었다.

팡!

진체를 다시 독수리로 바꾼 박현은 공기를 터트릴 듯 하늘 위로 날아올라 갔다.

그리고는 날개를 접어 추락하듯 도철의 머리 위로 뛰어내렸다.

"캬후우우웅!"

도철도 질세라 크게 입을 벌리며 하늘로 뛰어 올랐다.

박현의 눈에 시퍼런 살기가 감돌았다.

그런 그의 눈동자 속 동공에 황금빛이 차올랐다.

찬란한 색.

그 색은 검은색보다도 차갑고 서슬퍼랬다.

그런 황금빛을 마치 감추기라도 해주려는 듯 검은 기운이 사방으로 펄펄 날뛰었다.

도철이 박현을 단숨에 집어삼키려는 순간.

"안, 안 돼!"

애자가 급히 나섰지만 이미 돌이킬 수 있는 상황이 아니었다.

콱!

아니나 다를까 도철은 한순간에 박현을 집어삼켰다.

"꿀떡, 캬르르르!"

도철은 오물오물 혀를 굴리며 박현을 꿀떡 삼켰다. 그리고는 기분 좋은 소리를 냈다.

"캬르, 킥! 킥킥! 킥!"

그러더니 갑자기 도철은 목에 가시라도 걸린 듯 바닥을 구르며 괴로워했다.

"캬후우우웅!"

도철이 박현을 집어삼키려는 순간.

박현을 뒤덮은 검은 기운은 단단한 조개껍데기로 바뀌었다.

콱!

조개껍데기는 단단하게 다물며 날카로운 이빨과 가시처럼 거친 혀로부터 박현을 보호했다.

씹어 삼킬 수 없다 여긴 것인지, 아니면 원래 성질이 급해 무작정 삼키는지 모르나, 도철은 몇 번 오물거리더니 흑대합을 꿀떡 삼켰다.

대합 조개껍데기 안에서 차분히 도철의 입안을 지켜보던 박현은 목구멍으로 넘어가는 순간, 조개껍데기를 최대한 활짝 벌렸다.

조개껍데기 날이 가시처럼 뾰족하지는 않지만, 조개껍데기 특유의 거칠거칠한 면은 충분히 도철의 식도를 긁으며 걸 수 있었다.

까득— 까드득—

박현은 단순히 식도 중간에서 멈춘 걸로 만족하지 않았다. 박현은 더욱 억세게 조개껍데기를 열어젖혔다.

제아무리 도철이라도 속까지는 단단하지는 않은 듯 물렁물렁한 살들이 밀려나더니 이내 핏물이 배어 나오기 시작했다. 그리고 그러함은 그에게 제법 강한 고통을 주고 있음이 분명했다.

아니나 다를까.

몸이 붕 뜨며 시야가 조금 어지러워지는 것을 보면 도철이 고통을 참지 못하고 이리저리 구르는 것이 분명했다.

칙—

잠시 균형을 잃으며 조개껍데기 밖으로 발이 살짝 삐져나갔다. 그리고 울컥 들어오는 침에 닿자 마치 산성용액처럼 발끝 피부가 녹아들어 갔다.

"쯧."

박현은 눈살을 찌푸리며 혀를 찼다.

하지만 그게 끝.

곧 박현의 눈에 진한 살기가 맺혔다.

"지랄 맞은 싸움이 되겠군."

박현은 양손을 오므렸다 펴며 크게 숨을 내쉬었다.

"형제고 나발이고. 평생 목구멍에 그 무엇도 쳐넣지 못하게 해주마."

형제라 생각했으면 애초에 자신을 집어삼키지도 않았을 것이다. 아니 그보다 이렇게 무례하게 쳐들어오지도 않았을 것이다.

"시작은 네가 한 거야. 나를 원망하지 마라."

박현은 폐가 터질 듯 숨을 들이마셨다.

'내 손이 녹든가, 네 식도가 찢어지든가.'

"크하아아앙!"

박현은 흑호의 울음을 터트리며 조개껍데기 밖으로 튀어나갔다.

하지만 금예와 싸울 때처럼 무모하지는 않았다.

그의 양발 아래 자그만 조개껍데기가 그의 발을 보호해주고 있었다.

황금빛 기운을 본 날.

그리고 두 형상을 얻은 그 날.

이후 다른 형상은 불가능하지만 이처럼 대합의 능력만큼은 조금 끌어다 쓸 수 있게 되었다.

물론 장점만 있는 건 아니었다.

장점만큼 큰 단점이 존재했다.

양쪽으로 기운이 쏠리다 보니 온전히 한 힘을 낼 수 없다는 것이었다.

하지만 지금은 단점보다는 장점이 더 명확한 시점.

서걱! 서걱! 서걱!

박현은 발톱을 세워 그의 식도를 난도질해 나갔다.

칙— 칙—

식도가 갈라질 때마다 점액 같은 것이 튀어 박현의 손등을 녹여냈다.

'젠장! 이럴 때 칼이라도 한 자루 있었으면 좋겠는데.'

그런 생각이 들 때 머릿속으로 투박한 칼 한 자루가 떠올랐다.

'……!'

잠시 눈을 부릅떴던 박현은 입가에 차가운 미소를 지었다.

스르륵—

박현의 몸은 흑호에서 흑우로 변했다.

척—

그리고 손을 내밀자 그의 몸에서 조개껍데기가 피어나더니 투박하지만 박도 비슷한 모양의 칼이 되어 손에 잡혔다.

씨익— 웃으며 박현은 헤진 식도를 향해 박도를 깊숙이 찔러넣었다.

쿠르르르르—

그러자 마치 지진이라도 난 것처럼 식도가 꿈틀거리고 균형이 위아래로 뒤집혔다.

"쿠허어어엉!"

그러거나 말거나 박현은 모든 힘을 쥐어짜내 그의 식도를 갈라 갔다.

푹—

그리고 마침내 조개껍데기 칼이 식도를 뚫고 밖으로 튀어 나갔다.

*　　　*　　　*

"여전히 이곳은 바쁘군요."

한국 암전을 관리하는 사무실.

신구가 바쁘게 일을 처리하는 십여 명의 직원들을 가볍게 둘러보며 말했다.

"오랜만이로군."

"그간 너무 격조했습니다."

신구가 서글서글한 목소리로 타박 아닌 타박을 했다.

"자네와 내가 살아가는 곳이 다르지 않은가?"

"비희 님도 뭍에서 그만 사시고 고향으로 돌아오셔야 하지 않겠습니까?"

"내가 바다로? 진심인가?"

"진심입니다. 그만 돌아오시지요."

"자네 주군이 잘도 좋아하겠어."

비희는 피식 웃음을 삼켰다.

"그래, 어인 일로 뭍으로 나오셨나, 거북이 양반."

"폐하께서 노파심에 전하라는 말씀이 있으셨습니다."

"문무가?"

신구는 고개를 끄덕였다.

"듣는 귀가 있어 글로 준비했습니다."

신구는 곱게 접힌 서찰을 내밀었다.

"답은 필요 없다 하셨습니다."

신구는 서찰을 내밀더니 바로 자리에서 일어났다.

"벌써 가는가?"

"물놈이 물을 떠나니 답답합니다. 허허허."

신구가 자리를 뜨고 비희는 잠시 서찰을 내려다보았다.

"흠."

원수 사이까지는 아니어도 지나가는 개 보듯 일절 무심하고 관계조차 맺지 않던 용왕 문무가 최측근을 통해 서찰을 보냈다.

　의도가 의심스럽다.

　잠시 고민을 했지만 일단 서찰을 펼쳤다.

　잠시 후 눈동자가 흔들렸다.

　화직—

　서찰을 구겼다.

　비희는 흔들리는 눈을 감추기 위해, 마음을 다스리기 위해 눈을 감고 숨을 고르게 쉬었다.

　널뛰던 감정이 잠시 가라앉으려는 그때였다.

　쾅당!

　문이 거칠게 열렸다.

　"오, 오라버니!"

　사색이 된 애자가 피투성이가 된 도철을 안고 급히 뛰어들어왔다.

*　　　*　　　*

　거대한 물방울 안에 도철이 죽은 듯 잠들어 있었고, 그의 주변으로 끊임없이 기포가 보글보글 끓어오르고 있었다.

　"어찌 된 거냐?"

　이문이 치유의 물에서 손을 떼며 화가 난 얼굴로 소리치듯 물었다.

"……그게."

애자는 우물쭈물 말꼬리를 흐렸다.

"말해."

비희는 평소 그답지 않게 냉정한 목소리로 말했다.

"누구야?"

"휴우—."

이문의 거듭된 재촉에 애자는 한숨을 내쉬었다.

"막내."

"뭐?"

이문의 목소리는 커졌고, 비희의 표정은 굳어졌다.

"그게 어찌 되었느냐면은."

애자는 김포공항에서 도철을 만난 것에서부터 박현을 찾아간 일까지 그간 있었던 일을 풀었다.

"너 제정신이야! 도철의 성격을 뻔히 알면서! 또 막내가 어떤 놈인지도 잘 알잖아!"

이문이 화를 내자 애자는 고개를 더욱 아래로 떨어뜨렸다.

"됐다. 그만해."

비희가 이문을 말렸다.

"다섯째는? 금방 털고 일어날 것 같나?"

"상처 위치가 너무 안 좋아요. 특히 속이 엉망이라 족히 몇 달은 요양해야 할 듯싶습니다."

적어도 생명에는 지장이 없다는 말에 비희는 안도의 한숨을 삼키며 도철을 잠시 쳐다보았다.

"형님."

"……."

"막내한테도 뭐라 말을 하십쇼. 아무리 그래도 그렇지 형제끼리. 너무한 거 아니요."

이번에는 마음이 상한 듯 이문은 투덜거렸다.

"이 녀석도 잘한 거 없어."

"쯧."

"내가 알아서 할 테니 혹여나 함부로 입 열지 말고."

"알았수다."

비희의 말이 틀린 거 하나 없기에 이문도 더는 뭐라 입을 열지 않았다.

"일본에 간 일은 어떻게 되었어?"

"딱히 없어요. 일본이야 두 고대(古代) 신 말고는 대부분 잔챙이들이라. 혹시 몇몇 고서랑 신화를 뒤져봤는데, 내가 보기에는 건질 게 없어요. 그래도 혹시 몰라서 넷째 오라버니가 좀 더 알아본다고 했어요."

비희도 예상했다는 듯 고개를 끄덕였다.

"쉬웠다면 진작 알았겠지."

"형님, 차라리 황룡 쪽을 파보는 게 좋지 않겠소?"

"안 그래도, 포뢰랑 금예가 대만 쪽으로 넘어갔다고 하더라."

"대만이라."

"아무래도 말년쯤 아버지와 황룡 사이에 이상하리만큼 행적이 많이 겹쳤다는 것을 기억하나?"

"기억하오."

"그래서 포뢰가 집중적으로 황룡의 흔적을 좇아보기로 했다."

"그래도 아버지가 설마 황룡을."

누구보다도 황룡을 싫어했던 아버지였다.

"자의가 아닌 타의일 수도 있다는 생각이 들어."

"그건 또 무슨 말이오?"

"몇십 년 전, 대만과 중국이 단절되어 있었을 때에도 한국과 대만은 화교들이 자유롭게 오갈 수 있었지."

"화교라. 혹시?"

"황룡의 씨가 말랐다고는 하지만, 우리가 모르는 피가 남겨졌을지도 모르지. 그 피가 현이에게로 이어졌을지도 모르고."

"설마 북천무가가……."

"해태의 말에 의하면 북천무가는 증오와 원한심에 역천의 술까지 쓰며 명맥을 유지했다 했어. 그리고 그 누구보다 봉황에 대한 증오심이 가득하지."

"흠."

"인간들의 증오심은 때로는 무모하지."

"설마 그래서."

"아버지의 피와 황룡의 피를 섞어 새로운 하늘을 세운다."

"……."

"순수한 피라면 모를까 새로운 피라면 그들에게도 큰 지분이 생길 터. 천 년의 가문을 세울 기반으로는 충분하지."

"빌어먹을."

이문이 얼굴을 일그러트렸다.

"더욱이 그 가주가 의문만 남기고 사라졌어. 은인인 해태를 등지고 말이야."

"젠장, 갈수록 신빙성이 강해지오."

이문의 말에 비희가 고개를 끄덕였다.

"분명 밝힐 수 없는 무언가가 있다는 소리야. 그래서 어쩌면 북천무가에서 몰래 황룡의 씨를 받았을지도 몰라. 마지막 황룡의 행적도 의문이 많은 것 또한 사실이고."

"그럼 막내는요?"

애자.

"좀 더 지켜보자. 그저 잡스런 피가 조금 섞인 것인지, 아니면 아버지의 탈을 쓴 건지."

"오라버니."

"만약에 아버지의 피가 열성이면……."

비희는 자신도 모르게 머릿속에 떠오르는 것을 이야기하려다가 화들짝 입을 닫았다. 그가 입에 담으려는 내용은 다름 아닌 신구를 통해 전해온 용왕 문무의 전언이었다.

"뭔데 그러오?"

"아니다."

비희는 고개를 저었다.

"그건 그렇고. 이문, 그리고 애자야."

"예, 형님."

"말하세요."

"중국에 남은 공복이 그러는데 오룡의 반응이 제법 날카롭다더구나."

"흥!"

이문이 코웃음을 쳤다.

"애자 너는 대만으로 넘어가서 포뢰와 금예를 돕고, 이문 너는 중국으로 넘어가 공복과 함께 오룡을 확실하게 견제해."

"알았수다."

"네, 오라버니."

비희는 고개를 끄덕이며 도철을 바라보았다.

눈은 그에게로 향해 있었으나 머리는 다른 생각으로 꽉 차 있었다.

그러다 갑자기 용왕 문무가 떠올랐다.

'순수한 호정인가.'

비희는 눈을 감았다.

그의 서신 하나에 마음이 흔들렸다.

부정하지 않았다.

'아니면 그대도 대망을 바라보는 건가?'

비희는 뒷짐 진 손을 꽉 움켜잡았다.

한반도가 서서히 화약고로 변하고 있었다.

그 중심은 박현이었고.

'부디, 네가 우리의 막내이기를. 황금빛 기운은 그저 모계의 흔적이기를.'

그리고 용왕 문무가 대망을 위해 막내를 이용하고자 한다면.

우리도 대망을 향할 것이다.

이 땅을 막내에게 줄 것이다.

그리고 더 원하면 저 북쪽 넓은 땅과 아래 네 개의 섬까지도 줄 것이다.

　용의 제국의 건국을 위해서라면.

　기꺼이 목숨을 바칠 수 있다.

　'부디.'

　비희는 창문 너머 하늘을 올려다보며 간절함을 담았다.

　　　　　　*　　　*　　　*

　"쯧."

　박현은 반쯤 허물어진 집을 바라보며 전화기를 들었다.

　"나야."

　《잘 지내셨습니까?》

　전화기 너머로 강두철의 묵직한 저음이 들려왔다.

　박현은 그가 김말자의 사람이라는 것을 안 이후 딱히 연락을 하지 않았었다.

　"이제 서로 안부를 물을 사이는 아니고."

　《…….》

　"아직 건축회사 회사 운영하나?"

　《예, 하고 있습니다.》

　"본인 집 기억하지?"

　《무당골목 안 집 말입니까?》

"맞아."

《예.》

"수리 좀 해야겠어."

《……혹시?》

강두철의 목소리가 더욱 낮아졌다.

"그대가 생각하는 거 아니니까 쓸데없는 걱정 말고."

《알겠습니다.》

알게 모르게 안도하는 목소리였다.

"최대한 빨리 수리해 줘."

《내일 오전에 찾아뵙겠습니다.》

"그러지."

용건을 마친 박현이 전화를 끊으려는데 그의 목소리가 들려왔다.

《저기 박현 님.》

"말해."

《큰형님이 한번 뵙고 싶어 합니다.》

"양 회장이?"

박현은 미간을 찌푸렸다.

"이유는?"

《은퇴를 생각하시는 거 같습니다.》

"은퇴?"

박현의 목소리가 살짝 올라갔다.

《딱히 입 밖으로 내시지는 않았지만, 사업 전반에 대한 부분을 제게 넘기셨습니다. 그리고 요즘 부쩍 고향에 대한 이야기를 입에 많이 담으십니다.》

"은퇴라……."

박현은 그 말을 입안에서 굴렸다.

"양 회장은 지금 어디 있나?"

《자택에 계실 겁니다.》

"저녁 10시쯤 양 마담의 룸에서 보지."

어차피 한 번쯤 만나서 인연을 정리할 필요는 있다 싶었다.

《그럼 그때 뵙겠습니다.》

박현은 전화를 끊었다.

"무슨 전화인데 그래야?"

서기원이 다가왔다.

"있어. 그보다."

박현은 한쪽 벽이 무너진 거실을 쳐다보았다.

"짐 좀 옮기자."

"조 박수 별채로 옮겨야?"

"딱히 갈 데도 없잖아."

"먼지 마시면 삼겹살 아니겠어야? 소주도 한 잔? 똑! 어때야?"

"청국장도 끓여. 삼겹살에 청국장 빠지면 섭하다."

"낄낄낄."

서기원은 배를 잡고 웃었다.

"완희 오기 전에 후딱 이사해야. 허리(hurry)가 업(up)이어야!"

서기원은 날아갈 듯 집 안으로 뛰어들어 갔다.

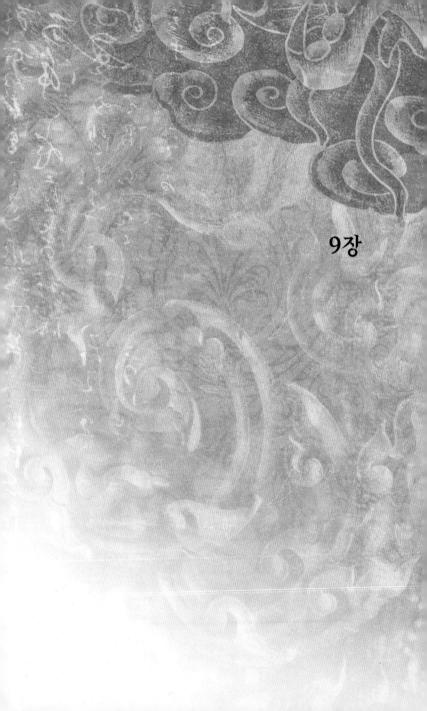

9장

"으아아! 피곤하다."

별왕당 마당에 들어선 조완희는 퀭한 눈을 비비며 기지 개를 켰다. 그런 후, 손으로 옷을 털어 옷차림을 바로 한 후 마루방으로 올라섰다.

"다녀왔습니……."

대별왕 무속도를 향해 합장을 하던 조완희의 코가 벌렁 벌렁거렸다.

스르륵—

조완희는 냄새를 쫓아 별채 쪽으로 미끄러져 다가갔다.

"킁킁."

코를 좀 더 벌렁거리자 노릿노릿한 고기 냄새와 그 속에서 살아 날뛰는 구수한 청국장 냄새가 확 풍겨왔다.

"이 새끼들이 진짜!"

쾅!

조완희는 문을 활짝 열며 소리쳤다.

"덮쳐야!"

"입부터 막아!"

"무슨 소리여야! 팔다리부터 묶어야!"

우당탕탕탕!

"우와아악!"

두 그림자가 그런 조완희를 덮쳤다.

"ㅎㅎㅎㅎ."

"이거 풀어라! 좋은 말 할 때 풀어!"

의자와 함께 포승줄에 꽁꽁 포박된 조완희가 눈에 쌍심지를 켜며 앞에 서 있는 서기원을 향해 윽박질렀다.

"ㅎㅎㅎㅎ."

서기원은 갈색 액체가 담긴 자그만 종지를 들어 보였다.

"뭐, 뭐야 그건 또!"

"둘이 먹다 죽어도 모를 멸젓."

자랑스럽게 가슴을 쭉 내밀었다.

"며, 뭐?"

"진짜 먹어보면……, 끄윽."

서기원은 멸젓, 멸치 젓갈을 다시 내려놓으며 침울한 표정을 지었다.

"이 새끼, 웃다 울다, 미치려면 곱게 미치고. 당장 안 풀어?"

"내가 말이어야."

서기원은 원통한 표정을 지으며 주먹으로 가슴을 툭툭 쳤다. 그리고는 소리 죽여 꺼이꺼이 울음을 삼켰다.

"얼씨구."

조완희는 기가 찬다는 듯 소리를 내면서도 서기원의 표정과 울음이 워낙 절절해서 은근히 걱정스러운 눈으로 그를 내려다보았다.

"이 세상에서 말이어야. 끄읍!"

서기원은 손에 주먹을 말아 넣고는 겨우겨우 울음을 삼켰다.

"……."

조완희도 더는 딴죽을 걸지 않고 조용히 서기원의 말을 경청했다.

"이 세상에 말이어야."

"휴우—, 그래 이 세상에."

"쌈장이 최고인 줄 알았어야."

"어, 그래 쌈……. 응? 어? 뭐?"

"두툼한 목살과 겹겹의 삼겹살에는 쌈장이 최고인 줄 알며 수백 년을 살아왔어야. 그런데! 그런데!"

서기원은 무릎을 꿇고는 양팔을 펼친 채 하늘을 향해, 정확히는 천장을 향해 울부짖었다.

"더 맛있는 게 있었어야! 우어어어어!"

처절하게 울었다.

아니 웃었다?

어쨌든 서기원은 묘하게 두 감정이 섞인 목소리로 소리쳤다.

"조 박수."

서기원은 살기가 풀풀 날리는 시퍼런 눈으로 조완희를 쳐다보았다.

"내게는 말이어야. 형제들이 있어야. 항상 함께 먹고, 함께 맛난 걸 즐겨온 형제들이어야. 그 아이들이라면 흔쾌히 내 등을 내어줄 수도 있을."

"형제가 먹는 걸로 등을 맡길 존재……였냐?"

"시끄러워야!"

서기원은 달려와 조완희의 멱살을 잡고 흔들었다.

"네가 내 마음을 알아야!"

마구 흔들더니 서기원은 급격히 팔에 힘을 풀며 바닥에 주저앉았다.

"그런 놈들이, 나 몰래 돼지고기를 쌈장이 아닌 멸젓에 찍어 먹고 있었던 거여야. 이게 말이 되어야! 엉?"

"나는 네가 이해가 안 된다."

조완희는 더는 놀랄 힘도 없는 듯 어이없는 표정으로 서기원을 내려다보았다.

"나쁜 시키들."

서기원은 힘없는 목소리를 내뱉으며 손을 뻗어 노릇하게 익은 삼겹살을 석 점 들어 갈색 멸젓에 찍었다. 그리고는 입 안에 넣고는 우적우적 씹었다.

"나 진짜 화났어야."

서기원은 삼겹살을 꿀떡 삼키고는 조완희를 올려다보며 눈에 힘을 바싹 줬다.

"그래서?"

"다 먹어 없애버릴 거여야."

서기원은 큰 결심을 내비치며 자리를 벌떡 일어나 탁자로 향했다.

"이 세상에 존재하는 멸젓이란 멸젓은 모조리 먹어 없애버릴 거여야! 나 말리지 말아야!"

"그래, 그래."

조용히 삼겹살을 먹고 있던 박현이 입에 쌈을 싸 넣으며 서기원의 어깨를 토닥였다.

"그 마음 오죽하겠냐? 많이 먹고 힘내라."

"내 마음을 아는 건 현이 너뿐이어야."

서기원은 글썽거리는 눈물을 소매로 훔치며 커다란 봉지 안에 담긴 두툼한 목살 몇 덩이를 불판 위에 올렸다. 그리고 자그만 종지가 아닌 커다란 스테인리스 밥그릇에 멸젓을 가득 채워 불판에 올렸다.

"야! 결국 처묵처묵하겠다는 말이었냐?"

조완희가 소리를 버럭 치자 서기원이 그를 옆으로 잡아당겼다.

"나는 친구 귀한 거 알아야. 자 묵어야."

서기원은 목살 한 점을 집어 멸젓에 찍은 뒤 조완희의 입에 넣었다.

"휴우―, 그래 일단 먹자. 먹어."

조완희는 배도 고팠고, 더는 실랑이할 힘도 없어 서기원이 먹여주는 목살을 입에 넣었다.

"맛은 있네. 근데 멸젓 끓이는 김에 편마늘이랑 고추 좀 넣어라. 그게 더 맛나다."

두둑!

그 말에 서기원의 몸이 석상처럼 굳어졌다.

그러더니 몸을 파르르 떨었다.

"조, 조 박수. 니도 알고 있, 있었어야?"

"뭘? 멸젓?"

조완희는 서기원을 바라보며 물었다.

서기원은 차마 대답조차 하지 못하고 그저 흔들리는 눈동자로 그를 바라볼 뿐이었다.

"요즘 제주 흑돼지가 유행한 지가 언젠데. 쯧쯧. 그리고 다음에는 멸젓보다는 자리돔젓으로 준비해."

"자, 자리돔젓은 또 어떤 놈이어야!"

서기원은 자리에서 벌떡 일어나며 절규했다.

*　　　*　　　*

용궁 대전.

용왕 문무는 신구와 마주하고 있었고, 그 앞에 서보가 엎드려 있었다.

"일어나거라."

용왕 문무는 오체투지로 맞이하는 서보에게 부드럽게 명을 내렸다.

"아니옵니다, 폐하."

"이보게, 서 내관. 폐하께서 일어나라 하시지 않은가?

폐하께서 허락하셨으니 그만 일어나시게."

신구가 기운을 부드럽게 풀어 그의 몸을 일으켜 세웠다.

탁탁.

민망하게 몸을 일으킨 서보를 보며 신구는 옆으로 오라고 옆자리 바닥을 손바닥으로 두들겼다.

"괜찮네."

서보는 용왕 문무의 눈치를 살피며 조심스럽게 둘 사이에 앉았다.

"폐, 폐하."

용왕 문무가 그의 앞에 놓인 빈 찻잔에 차를 직접 따르자 서보는 당황해서 뒤로 물러나 다시 바닥에 엎드렸다.

"과례는 비례라 했다. 그만 편히 앉으라."

부드럽지만 묵직한 음성.

"화, 황송하옵나이다."

용왕 문무의 명에 서보는 몸가짐을 조심스럽게 하며 다시 탁자 앞에 앉았다.

"그대 역시 짐을 위한 이가 아닌가. 고작 차 한 잔일 뿐이다."

서보는 용왕 문무가 직접 따라준 차를 잠시 내려보다 한 모금 입에 적셨다.

"그래, 봉황궁 내는 어떤가?"

"필방과 두억시니를 위시한 재앙의 일족 사이는 일촉즉발이옵니다. 하여."

"……?"

"때가 무르익었으니, 스승님께서는 개천을 향한 걸음을 허락해 주시기를 바란다 하였사옵니다."

"개천을 향한 걸음을?"

신구는 눈빛을 반짝이며 용왕 문무를 쳐다보았다.

"스승님께서 봉과 황을 둥지에서 북으로 날려 보내겠다 하였사옵니다."

"북으로."

용왕 문무의 목소리가 착 가라앉았다.

"해태이더냐?"

심란한 듯 찻잔을 매만졌다.

"그렇사옵니다."

"흠."

용왕 문무는 눈을 잠시 감더니 찻잔을 들어 차를 단숨에 들이켰다.

퍼석!

그리고 찻잔을 부숴버렸다.

"양패구상(兩敗俱傷)이더냐?"

"그러하옵나이다."

"깨진 그릇이다. 아무리 북성의 사방장군들이 있다 하여도, 양패구상이 가능하겠는가?"

신구가 진중한 목소리로 물었다.

"거기에 말 하나를 더 얹겠다 하였사옵니다."

"말 하나를 더?"

반문하던 용왕 문무는 한 인물을 떠올렸다.

박현, 그리고 용생구자.

"궁의 진정한 주인을 모실 채비를 마쳐 놓을 것이라 하였사옵니다."

"흠."

용왕 문무는 침음을 삼켰다.

궁에 들어가는 건 어렵지 않다.

다만 자신의 기반은 땅이 아니었다.

'땅이라.'

용왕 문무는 신구를 쳐다보았다.

"소신이 꽃구경하러 마실을 다녀올까 하옵니다."

무궁화, 검계.

언제나 신구는 말을 하지 않아도 가려운 곳을 긁어준다.

"언제까지나 데면데면하게 지낼 필요는 없지 않겠습니까?"

"검계라."

"인간들이 살아가는 땅이니 적당히 나눠주심도 나쁘지 않을 것이옵니다."

신구는 '아구구,' 앓는 소리를 삼키며 자리에서 일어났다.

"가자, 뭍까지 바래다주마."

신구는 서보를 데리고 용궁을 벗어났다.

＊　　　＊　　　＊

먹구름이 가득 든 밤하늘.

"무슨 먹구름이 이리 끼나."

해태는 평상에 앉아 하늘을 올려다보고 있었다.

그런 그의 눈매가 순간 굳어졌다.

구름 사이로 다시 얼굴을 드러낸 보름달이 핏빛처럼 붉었기 때문이었다.

흉조(凶兆).

해태는 재빨리 신력으로 안력을 크게 키우며 보름달과 함께 모습을 드러낸 별들을 살피기 시작했다.

붉은 보름달에서 시작된 흉조가 별들에게도 영향을 끼치고 있었다. 그 영향에 별들의 빛은 서서히 흉광(凶光)을 내뿜기 시작했다.

붉은 보름달 정면에 선, 북쪽 별 하나가 서서히 허물어지고 있었다.

그 별을 확인한 순간 해태의 표정이 굳어졌다.

해태는 입술을 지그시 깨물며 다시 하늘을 살펴나갔다.

허물어져 가는 별, 그 뒤에 어린 별 하나가 아슬아슬하게 흉조에 물들지 않고 영롱하게 빛나고 있었다.

"봉황이 이제는 못 참는가 봅니다. 그래도……."

그 별을 발견하자 해태의 굳은 표정이 풀어지며 담담한 미소가 그려졌다.

"곧 만나러 올라가겠습니다."

해태는 별에서 눈을 떼며 멍하니 하늘을 올려다보았다.

그러더니 자리에서 일어나 방 안으로 들어갔다.

아랫목에 앉은 해태는 손을 뻗어 문갑에서 자그만 목함 하나를 꺼냈다.

해태는 목함 뚜껑을 열어 무릎 앞에 놓은 후, 가부좌를 틀고 앉았다.

후우우욱!

해태의 몸이 흡사 태풍에 휘말린 사시나무처럼 격하게 떨렸다.

불룩, 배에서 주먹만 한 크기의 혹이 튀어나왔다.

그 혹은 명치를 지나 가슴으로 올라가더니 목으로 올라

갔다.

"읍!"

해태는 두 배 가까이 부푼 목에서 힘겹게 무언가를 토해
냈다.

투웅—

영롱한 빛을 가진 내단이었다.

내단을 든 손에 급격히 주름이 만들어지고, 팽팽하던 피
부는 퍼석해지며 검버섯이 피어 나갔다.

급격한 노화를 이기지 못한 듯 해태는 손을 발발 떨며 겨
우겨우 내단을 목함 안에 넣고, 몇 번의 헛손질 끝에 밀봉
했다.

"스흐."

해태는 힘겹게 숨을 쉬며 다시 가부좌를 틀고 앉았다.

솨아아아아—

그러자 다시 시간을 되돌리는 것처럼 노화가 사라지며
전처럼 건강한 풍채를 되찾았다.

진신진기를 태운 것이었다.

"후우—."

해태는 안도의 한숨을 내쉬며 잠시 몸을 추스린 후, 전음
을 날렸다.

그 전음에 옆 초막에서 한설린이 방안으로 들어왔다.

"부르셨는지요."

해태는 조용히 목함을 그녀에게 내밀었다.

"이게 무엇이온지."

"하늘이 무너진 날 쓰거라."

"예?"

"기억만 하고 있으면 된다."

해태는 손을 휘휘 저으며 축객령을 내렸다.

"예."

한설린은 궁금함이 가득했지만 다 뜻이 있다 싶어 목함을 잠시 내려보다 소중히 품에 넣으며 물러갔다.

그녀가 나가고 얼마 지나지 않아.

콰당!

문이 거칠게 열렸다.

"왔는가?"

급히 들어온 이는 삼태성 중 둘째인 중태성이었다.

"……어르신."

한눈에 해태의 상태를 알아챈 중태성의 목소리는 가늘게 떨렸다.

"그리 볼 것 없어."

"어, 어찌."

"바람이 차구먼."

해태가 힘없이 손을 젓자 중태성은 입술을 꽉 다물며 방 안으로 들어왔다.

"형제들도 아는가?"

해태의 물음에 중태성이 고개를 저었다.

"천기가 흉흉하게 바뀌어……."

"그럼 보았겠구만. 흉성들 사이에 죽어가는 늙은 별 뒤에 숨어 있는 작은 별 하나를. 영롱하지 않던가?"

"허나 그 별이 모습을 드러내려면."

'늙은 별이 죽어야 합니다.' 라는 말을 차마 입밖으로 내뱉지 못했다. 자신도, 해태도 알고 있었기 때문이었다.

"그저 때가 되었음이야."

해태는 힘에 부친 듯 벽에 기댔다.

"어르신."

"이부자리 좀 봐주겠나? 마지막 한 줌을 쓸데없이 써서는 아니 되지."

해태는 격정을 좀처럼 이겨내지 못하는 중태성을 보며 담담히 웃음을 보였다.

"중태성아."

"예, 어르신."

"아쉬운 게 있다면, 내 손주가, 그분의 장자가 봉황을 단죄하는 걸 못 본다는 것뿐이네. 그러니."

"……."

"훗날 술이나 한 잔 뿌리며 내 못 본 그 이야기를 해주시게. 아셨는가?"

습기가 찬 눈.

"꼭 그리하겠습니다."

중태성은 입술을 깨물며 고개를 끄덕였다.

"좀 자야겠네. 귀한 손님이 오니."

*　　　*　　　*

중태성은 고이 잠든 해태를 잠시 내려보았다.

반짝이는 정기는 사라지고 영락없는 잠에 든 노인의 모습이었다.

"크르르."

신력이 사라져서인지, 태초의 모습인 길들여지지 않은 맹수, 진신이 튀어나오려는 듯 간헐적으로 울음도 흘러나왔다.

"크르르르르."

시간이 좀 더 흐르자 울음만이 아니라 그의 얼굴도 흐릿하게 짐승의 것으로 변하기 시작했다.

중태성은 조용히 손을 뻗어 자신의 기운을 나눠주었다.

"크르, 푸흐……."

그러자 힘겹게 자고 있던 해태가 편해진 얼굴로 깊은 잠에 빠졌다.

"휴우—."

중태성은 해태의 숨이 고르게 바뀐 것을 확인한 후 조용히 자리에서 일어났다.

혹여나 그가 깰까 중태성은 발걸음 소리도 죽이며 조용히 방을 빠져나왔다.

달깍.

산중 새벽 공기는 차가웠다.

"어르신."

신비선녀.

"자네."

중태성은 그녀를 내려다보았다.

신비선녀도 수박 겉핥기나마 천기를 읽기에 현 상황을 눈치챈 모양이었다.

"그 아이는, 아는가?"

그 물음에 신비선녀는 눈시울을 붉히며 고개를 저었다.

"잘했네."

중태성은 하늘을 올려다보며 다시 입을 열었다.

"날이 차네. 따뜻하게 주무시도록 군불을 좀 넣어주게

나."

"예, 어르신."

중태성의 눈은 아궁이로 향하는 신비선녀의 뒤를 쫓다가 다시 하늘로 올라갔다.

늙은 별 하나가 눈에 들어왔다.

언제나 밝게 빛나던 별이자, 주변 네 개의 별을 지켜주며 북쪽을 항상 밝혀주던 그 빛이, 그 찬란하던 빛이 흉성들에게 잡아먹혀 죽음의 기운이 깃들어버렸다.

다행인 것은 망조가 깃들어 죽어가는 별 뒤에 새로운 별 하나가 있었다.

'만족하십니까?'

중태성은 고개를 돌려 굳게 닫힌 방문을 쳐다보았다.

"그대가, 그대들이 이끌어주시게. 그리고 지켜주
시게."

그 아이가.

'부디 찬란함을 이어받기를.'

바랄 수밖에.

중태성의 신형은 그 자리에서 사라졌다.

이른 새벽.

필방은 밤사이 싸늘하게 식은 대전 바닥에 엎드려 명을 기다리고 있었다.

저벅 저벅 저벅.

고요한 대전 안으로 황금빛 갑옷을 차려입은 봉과 황이 들어왔다.

쿵!

그 소리에 필방은 바닥에 머리를 찧었다.

"서 상선."

"예, 폐하."

"대전 문을 활짝 열라."

봉의 음성은 매우 평온했다.

"문을 열라."

서 상선이 내관들을 시켜 굳게 닫힌 대전 문을 열어젖혔다.

어둑하고 차갑던 대전 안으로 따사한 아침 햇살이 드리웠다.

"날이 좋구나."

"청명함이 오늘 일진을 예견하는 게 아닌가 하옵니다."

서 상선이 허리를 숙이며 말했다.

"빈말이라도 달콤하구나."

황의 말에 서 상선은 허리를 조금 더 숙여 보였다.

"서 상선."

봉이 그런 서 상선을 내려다보았다.

"예, 폐하."

"내 곁에서만 언 반백 년이 넘었지?"

"그렇사옵니다, 폐하."

"짧다면 짧지만 길다면 긴 세월이었구나."

"……."

서 상선은 여전히 허리를 숙이고 있어 봉은 그의 표정을
볼 수 없었다.

"영광이었사옵니다, 폐하."

"영광이었다라."

봉은 피식 웃음을 삼켰다.

"되돌아보면 진정한 궁의 주인은 자네였지."

서 상선은 목상처럼 같은 자세였다.

"만 년은 과한 욕심이고, 앞으로 천 년 정도 잘 지내보세.
그리고 보니 그대가 천 년을 채울 수 있으려나 모르겠군."

봉은 가벼운 농을 던져놓고는 서 상선의 반응을 보지 않
고 시선을 필방으로 옮겼다.

"준비는?"

부드럽던 목소리가 날카롭게 바뀌었다.

"밤사이 모든 준비를 마쳐 놓았사옵니다."

"그럼 시작하라."

"반드시 궁의 질서를 되돌려놓겠나이다."

필방은 바닥에 머리를 찧었다.

"이제 가시지요."

황이 봉의 어깨에 붉은 망토를 달았다.

"가야지."

봉은 망토를 여미며 필방을 다시 쳐다보았다.

"필방."

"예, 폐하."

"너는 평생 짐만을 위해 살아온 충실한 신하다. 다시는 믿음에 흔들림이 없게 마라. 실망은 한 번이면 족하다."

"다시는 실망시키는 일이 없을 것이옵니다."

필방은 감격에, 그리고 경고에 몸을 파르르 떨며 우렁찬 목소리로 대답했다.

"갑시다. 좀 더 넓은 천하를 위해."

봉은 손을 뻗어 황의 손을 잡았다.

둘은 눈빛을 주고받은 후 활짝 열린 대문으로 날아 사라졌다.

"서 상선."

봉황이 북으로 떠나고, 필방은 자리에서 일어나 묵직한 목소리로 그를 불렀다.

"말씀하시지요."

서 상선도 그제야 허리를 폈다.

"오늘 하루, 잔인한 하루가 될 거요."

"그리되겠지요."

"칼엔 눈이 없소."

"……."

"그대를 걱정하지는 않지만, 어린 내관들은 아니 그럴 것이 아니오?"

그 말에 서 상선이 빙그레 웃으며 고개를 끄덕였다.

"십여 분 정도면 될 듯합니다."

필방은 고개를 끄덕인 후 그 자리에서 사라졌다.

그가 사라지자 무슨 일이 있어도 사람 좋아 보이던 서 상선의 얼굴이 야차처럼 변했다.

"보야."

서 상선이 제자 서보를 불렀다.

"예, 스승님."

"드디어, 때가 왔다. 아이들은?"

"약속된 장소에서 감서와 짝이 되어 명령을 기다리고 있사옵니다."

서보의 말에 서 상선이 고개를 끄덕였다.

"무사부(武士府) 아이들은?"

"주요 전각에서 대기하고 있사옵니다."

"한 치의 실수도 있어서는 아니 된다."

"한 번 더 단단히 명령을 내리겠습니다."

서보의 말에 서 상선이 고개를 끄덕이며 용상을 올려다보았다.

그러더니 훌쩍 용상으로 뛰어 올라갔다.

서 상선은 세월에 닦여 반질거리는 용상 등받이를 쓰다듬었다. 그의 손길이 등받이에 화려하게 조각된 한 쌍의 봉황에 머물렀다.

서 상선은 애완동물을 쓰다듬듯 봉황의 꼬리에서 시작해 등을 타고 목으로 손을 가져갔다.

"훗."

서 상선은 목을 쓰다듬으며 피식 조소를 머금었다.

"거짓된 자의……."

서 상선은 봉의 목을 움켜잡았다.

"거짓된 자리는 사라져야지."

콰직!

봉의 머리가 바스러졌다.

이어 황의 머리를 부순 서 상선은 고개를 돌려 내관들을 쳐다보며 차가운 목소리로 명을 내렸다.

"일월오악도 병풍을 치우라. 아니 태워 없애라!"

"예!"

"예!"

서 상선은 몸을 틀어 대전을 내려다보았다.

'네 년놈들과 관련된 것은 먼지 한 톨 남기지 않으리라. 이곳에서 너희들의 흔적을 모두 지울 것이야. 진정한 주인을 위해, 대(大)신라를 위해!'

서 상선의 눈에서는 처음으로 욕심이 피어났다.

*   *   *

투웅—

가벼운 울림과 함께 검은 구덩이가 만들어지고, 초도가 밖으로 튀어나왔다.

"혀, 형님."

초도는 암전 사무실 문을 열고 안으로 뛰어들어가며 비희를 찾았다.

"무슨 일인데 호들갑이야."

"결국 일이 터지고 말았습니다."

"일?"

비희는 손에 들린 서류를 내려놓으며 되물었다.

"봉황이 북으로 향했습니다."

비희의 눈썹이 꿈틀거렸다.

"북이라. 목표가 해태더냐?"

그 질문에 초도가 심각한 표정으로 고개를 끄덕이며 말을 덧붙였다.

"그리고 기다렸다는 듯이 봉황이 궁을 떠나자 봉황궁 내에 피비린내가 자욱한 내전이 일어났습니다."

"훗."

비희는 조소를 터트렸다.

"하는 짓이 육백 년 전과 똑같군. 내전이야 그다지 신경 쓸 게 없고."

"형님, 그리 가볍게 생각하실 게 아닙니다. 막내가 있지 않습니까, 막내."

"안다."

비희는 손가락으로 의자 팔걸이를 톡톡 치며 잠시 생각에 잠겼다.

"쯧, 하필이면 이때."

비희는 혀를 차며 초도를 쳐다보았다.

"막내는?"

"바로 이곳으로 달려왔습니다."

일단 알리지 않았다는 소리.

"흠."

비희는 묵직한 침음을 다시 삼키며 생각에 잠겼다.

"알려야 하지 않겠습니까?"

비희는 오랜 생각 끝에 고개를 저었다.

"알리지 마라."

"예?"

초도가 깜짝 놀라 되물었다.

"차라리 잘된 일인지 모르겠군."

"무슨 말씀이시온지."

"이 기회에 해태와의 연을 정리시켜야겠어."

"혀, 형님."

"막내야."

비희는 오랜만에 초도를 '막내'라 불렀다.

"예, 형님."

"탁한 피가 섞인 것이 아쉽지만, 아버지의 피를 온전히
이어받은 아이는 그 아이뿐이야."

"압니다."

"당장 아버지의 피를 진하게 만들기 위해서는 모계의 피
를 죽여야 해."

"그게 무슨 말씀인지."

"과거를 뒤져보니 흔하지 않지만 신들의 피가 섞인 경우가 있더군."

비희의 말에 초도의 눈빛이 반짝였다.

"부계의 피가 우성이지만, 환경에 따라 모계의 신기(神氣)를 자주 접한 경우 모계의 피가 우성을 차지하는 경우도 있어."

"그 말씀은."

"분명 해태는 그 아이의 어미에 대해 알고 있는 게 분명해. 그런데 이상하게 해태가 입을 열지 않는단 말이야."

"북성의 장군들도 모른다는 말씀이군요."

초도의 말에 비희가 고개를 끄덕였다.

"음."

"그래도 모르니 일단 그 아이를 북성에서 떼어놔야겠지."

뭔가 생각이 난 듯 비희는 초도를 쳐다보았다.

"어떻게 생각하나?"

"뭐를 말입니까?"

"봉황이 해태를 죽일 수 있겠지?"

초도는 잠시 생각하다 고개를 끄덕였다.

"봉 혼자라면 모르겠지만, 황까지 함께했으니, 열에 아홉은 죽을 겁니다. 아니 열에 열, 죽습니다. 사방장군들이 돕는다 하여도 말입니다."

"그래, 그거면 돼."

비희의 눈빛은 한순간이었지만 잔혹했다.

"그가 죽는다면 모계의 영향은 어떤 방식으로든 줄어들 겠지. 그럼 죽어야지."

"모계의 피는 어찌하실 참입니까?"

"아쉽지만 당장 우리가 할 수 있는 게 없어. 모계의 영향을 줄이고 아버지의 피를 깨우는 것 외에는."

"그럼 막내에게는 말을 전하지 않겠습니다."

초도는 곰곰이 생각하더니 다부진 목소리로 말했다.

*　　　*　　　*

"모든 준비를 마쳤습니다, 스승님."

"마지막 패는?"

"용생구자의 두더지에게 자연스레 흘려두었습니다."

서보의 말에 서 상선의 눈매가 굳어졌다.

"아둔한 놈!"

서 상선이 날카롭게 서보를 꾸짖었다.

"용생구자가 네 뜻을 따를 것이라 여겼느냐?"

"스, 스승님?"

서보는 재빨리 허리를 숙였다.

"그치는 용생구자 외에 북성과도 연을 쌓아두었어. 어쩌면 해태와의 인연이 용생구자보다 깊을지 몰라. 용생구자가 그런 아이에게 해태의 위급함을 알리겠느냐? 평생의 한을 좇아 살아가는 놈들이. 쯧쯧."

"제자의 생각이 짧았습니다."

"검계에 은밀히 알려. 그러면 무문을 통해 그 아이에게 전해질 터. 그래야 이 판이 완성돼. 새 하늘이 열리는 것이야. 찬란한 새 하늘이."

서보가 주먹을 불끈 쥐었다.

*   *   *

"혀, 형님!"

그리고 골통 삼인방이 허겁지겁 박현을 찾아왔다.

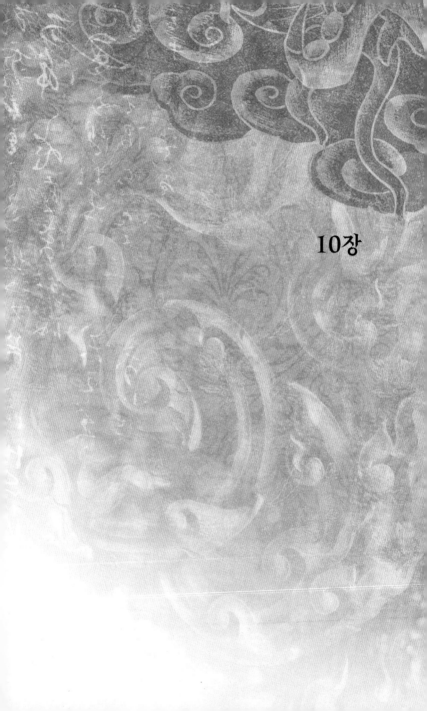

10장

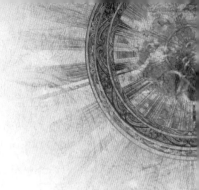

"무슨 일인데 이리도 호들갑이냐."

조완희가 골통 삼인방을 마루방에 주저앉혀 숨을 고르게 만들었다.

"큰일 났습니다, 형님."

허나 망치 박은 애써 숨도 고르지 않고 박현을 향해 소리쳤다.

"뭔데 그래야?"

그 행동에 되레 서기원이 궁금한 듯 물었다.

"봉황이 북으로 향했다고 합니다."

순간 분위기가 쿵 하고 내려앉았다.

"누, 누가야? 어디로 갔다고야?"

"봉황궁 내에 내전이 일어났습니다. 이유를 아직은 정확히 알 수 없고, 내전이 발발하자 기다렸다는 듯이 봉과 황이 북으로 향했다고 합니다. 나무관세음보살."

당래불.

"북이면야?"

"해태 님이지 않을까 싶습니다."

"으메."

서기원이 깜짝 놀라 눈을 몇 번 껌뻑이며 박현을 쳐다보았다.

"봉황이 북으로 향했다고?"

"확실합니다, 형님."

망치 박이 큰 목소리로 답했다.

"풍문이지만 이런 말들이 오가고 있습니다."

이승환의 말에 자리에서 일어나던 박현이 그를 쳐다보았다.

"뭔가?"

"해태의 천수가 다해 간다. 봉황이 이를 알고 있었다, 말입니다."

"그 말이……."

박현은 너무 놀라 번개라도 맞은 것처럼 몸을 바르르 떨었다. 이어 '진짜냐?'고 물어보려다 입을 닫았다.

풍문이라 했으니 답은 모를 터.

허나 그게 사실이라면.

박현의 심장이 철렁 내려앉았다.

"그래서 지금 검계도 발칵 뒤집어졌습니다."

이승환이 말을 덧붙였다.

"해서 얼른 검계로 복귀하시라는 명령입니다."

검계에서 내려온 명에 조완희는 살짝 당황하며 박현을 쳐다보았다.

"다녀와."

박현은 겉옷을 집어들고 있었다.

"너는?"

"뭘 물어. 가야지."

"자칫하면……."

조완희가 머뭇 말을 꺼냈다.

"죽을 자리라도 가야 할 자리가 있는 법이야. 안 그래?"

조완희의 표정이 슬쩍 굳어졌다.

"제가 가겠습니다, 형님."

망치 박.

박현은 고개를 돌려 망치 박을 쳐다보았다.

"그럼 소승도……."

"검계로 돌아가야 하는 거 아닌가?"

박현의 물음에 이승환이 어색한 웃음을 지어 보였다.

"됐어, 완희 데리고 복귀해. 돌아오면 오랜만에 술이나 한잔하자."

박현은 골통 삼인방에게 씨익 웃어주며 겉옷을 챙겨입었다.

"나랑 가야."

서기원이 자리를 털고 일어났다.

"왜야? 나도 싫어야?"

서기원은 박현이 빤히 쳐다보자 되물었다.

"죽을 자리야."

"알아야."

서기원의 굳은 눈동자는 흔들리지 않았다.

"고맙다."

"고맙기는."

"섣불리 움직이지 마. 상황 봐서 나도 서둘러 올라갈 테니."

조완희.

"저두요, 형님."

"나무관세음보살."

"……."

그리고 골통 삼인방까지.

박현은 그런 조완희와 골통 삼인방들을 잠시 쳐다보며 씨익 웃었다. 그리고 그 자리에서 사라졌다.

*　　　*　　　*

"흐음."

해태는 앓는 소리를 내며 눈을 떴다.

간만에 잠을 푹 자서 그런지 몸도 상쾌하고 머리도 맑았다.

아니, 상쾌한 기분을 느껴본 게 얼마 만인지 몰랐다.

천외천, 신수가 된 이후 몸이 외부에 흔들리지 않아 항상 일정한 몸 상태가 유지되었다. 그렇다 보니 상쾌함을 느끼며 눈을 떠본 게 언제였는지 기억조차 가물가물했다.

상쾌함 다음에 느껴진 것은 북적북적한 공기였다.

방 안에는 사방장군과 백택, 삼두일족응, 그리고 암별초 별초장 그슨대와 어둑시니 수장 흑두령 암적이 자리하고 있었다.

"이 좁은 방에 뭘 이리 모여 있는가?"

해태는 가뿐하게 몸을 일으켜 바르게 허리를 펴고 앉았다.

"어르신."

"해태 님."

다들 중태성에게 말을 전해 들은 모양이었다.

"쯧, 쓸데없는 말을 했구먼."

해태는 중태성을 보며 가볍게 눈을 흘겼다.

"정신 사납게 모두 모여 있을 게 아니니, 중태성과 백장군, 백택만 남고 모두 나가 있으시게들."

"나는?"

삼두일족응.

"뭘 묻고 그러시나. 남고 싶으면 남으시면 되지."

해태의 말에 북적하던 방 안이 정리가 되었다.

"내가 그대 셋을 남으라 한 것은 부탁할 게 있어서네."

"……."

"말씀하십시오."

중태성.

"봉황이 오면 나서지 말고 몸을 피하게."

"그게 무슨 말씀이십니까."

백장군이 되물었다.

"자네 모두가 달려들어 봉황을 죽일 수 있겠나?"

"모두 힘을 합친다면 지지 않을 자신이 있습니다."

"하지만 그게 끝이 아니야."

"그 말씀은?"

"봉이 또다시 소별왕의 힘을 내려받았다는군."

해태는 백택을 슬쩍 일견하며 말했다.

그 말에 좌중의 안색이 단번에 굳어졌다.

"하오면."

"그 힘이 사라질 때까지는 자중하고 또 자중하라는 말이네."

"하오나."

"어차피 꺼져가는 목숨으로 그 힘을 지울 수 있다면 그 또한 남는 장사가 아니겠나."

칠백 년 전, 봉황은 소별왕의 힘을 받아 삼족오를 죽이고 이 땅의 주인이 되었었다.

그 힘은 무시무시했다.

아마 백여 년 전 열강의 신들이 일으킨 전쟁 때에 봉황이 그 힘을 다시 내려받았었다면 아시아의 패권과 역사가 달라지지 않았을까 싶다.

적어도 치욕은 없었을 것이다.

돌이켜보면 치욕은 자신들만의 것이었다.

그리고 자신들의 행보에 영향을 받은 인간사(人間事)에서 독립운동을 하던 이들과, 이 땅에 아무것도 모르고 살아가는 가엾은 인간들의 것이었다.

여전히 봉황과 그를 따르는 이들은 호의호식했다.

열강 서양의 신들과 일본의 두 신들의 비위를 맞추면서.

그때도, 지금도.

그때 봉황이 뒤늦게라도 소별왕의 힘을 빌어보기라도 했다면 둘 사이가 달라지지 않았을까 싶다. 어쩌면 과거의 은원을 지우고 그를 위해 크게 한 팔 거들어 줬을지도 모를 터.

"어르신."

갑작스럽게 상념에 빠져든 해태는 백택의 목소리에 다시 현실로 돌아왔다.

해태는 백택을 쳐다보았고, 삼두일족응도 쳐다보았다.

하긴 누구를 탓하랴.

용왕 문무도 세상을 등졌거늘.

세상의 흐름이 그랬었던 것이다.

하늘이 그랬던 것뿐이었다.

거대한 시류를 거슬러보려 발버둥을 친 것일 뿐이었을지도.

그래도 희망의 씨앗을 보았으니 후회는 없다.

"백택아."

"예, 어르신."

"사방장군들이 잘하겠지만, 네가 중간에서 잘 조율해서 중심을 잡아주거라."

심지가 조금 약해서 그렇지, 백택은 이인자로서는 차고 넘치는 능력을 갖추고 있었다.

"……."

"암별초도 자네가 거두고."

백택의 눈이 흔들렸다.

"이번에는."

"어리석게 흔들리지 않겠습니다."

"그래."

해태는 백택의 손을 부드럽게 잡아 손등을 토닥였다.

"그리고 응 형."

해태는 고개 돌려 삼두일족응을 불렀다.

"내 얼마나 할 수 있을지 모르나 힘껏 노력해 보겠네."

해태는 고개를 끄덕이며 고개를 돌려 중태성과 백장군을 쳐다보았다.

"모두가 죽는다 하여도 그 아이만은 살려야 하네."

"혹여 몰라 상태성 형님이 남으로 내려가셨습니다."

"잘했네. 잘했어."

흔들림 없는 대답을 들은 해태는 만족스러운 미소를 지었다.

"그럼 모두들 그만 가보시게. 슬슬 봉황이 올 때가 되었……."

말을 마치려는 해태의 표정이 순간 굳어졌다.

파방!

그 말이 끝나기가 무섭게 거대한 기운이 초가를 덮쳤다.

"해태여."

봉의 커다란 울림이 들려왔다.

"봉황이 급하긴 급했던 모양이야."

해태는 자리에서 일어났다.

"명심하게. 내가 봉황을 잡아두는 사이 그대들은 무사히 빠져나가야 하네. 소별왕의 기운이 사라질 때까지는 모습을 드러내지 말고. 아셨는가?"

해태는 빠르게 명을 내렸다.

"어, 어르신."

"해, 해태 님."

북성 주인으로서의 마지막 명임을 직감한 탓일까.

대답하는 이들의 목소리는 한없이 침울하기 짝이 없었다.

"내 말이 아니 들리는 것인가?"

쿠르르르—

마지막 당부가 제법 시간을 잡아먹은 모양이었다.

그새 참지 못한 듯 봉황의 기운이 초가 주변으로 들끓었다.

콰과광!

그 기운이 초가를 다시 덮치자 초가가 태풍에 휩쓸린 듯 지붕과 벽이 완전히 날아가 버렸다.

푸른 하늘 아래 봉과 황이 떠 있었다.

"그놈의 성정은 여전하오."

해태는 하늘로 날아올라 봉과 눈높이를 맞췄다.

"도망간 쥐새끼들이 어디 있나 했더니 모두 여기에 다 모여 있었구나!"

황.

그녀는 백택과 삼두일족응을 표독스럽게 내려다보며 앙칼진 목소리를 터트렸다.

팟!

그런 그녀의 신형이 사라지듯 삼두일족응과 백택 앞에 내려섰다.

쑤아아악!

손톱을 날카롭게 세워 백택과 삼두일족응을 덮쳐가려는 그때였다.

콰아앙!

어느새 그녀 앞을 가로막은 해태가 그녀의 가슴에 일장을 내질렀다.

"까악!"

황은 비명을 지르며 뒤로 날아갔다.

"이, 이 찢어 죽일 놈!"

하지만 황은 금세 균형을 잡아 하늘로 날아오르며 날개를 활짝 펼쳤다.

"오늘 그대들의 상대는 이 늙은이라오."

해태의 몸에서도 황을 넘어서, 봉에도 뒤지지 않을 기세가 피어나기 시작했다.

"크르르르!"

해태도 황처럼 진체를 서서히 드러내며 울음을 흘렸다.

*　　　*　　　*

"그대의 상대는 짐이다."

봉이 해태 앞으로 뚝 떨어지며 발을 내려찍었다.

쾅!

해태는 양팔을 교차시켜 그의 발을 막아냈다.

"세월에 귀라도 먹은 겐가?"

가볍게 자신의 발을 막은 것도 모자라 해태가 여유롭게 딴죽을 걸자 봉의 눈두덩이 꿈틀거렸다.

"내 상대는 그대들이라고 했네."

목소리에만 여유가 묻어나온 것이 아니었다.

해태는 무릎 반동으로 봉의 발을 밀어 올렸다. 그 힘에 봉이 뒤로 밀려났다.

"크르르, 크허엉!"

해태는 곧장 진체로 변해 봉의 품으로 파고들었다.

그리고는 날갯죽지를 향해 발톱을 휘둘렀다.

봉은 날개를 휘저으며 크게 몸을 띄워 올리며 해태의 가슴을 향해 날카롭고 긴 발톱을 찍어갔다.

카가각!

해태의 앞발톱과 봉의 발톱이 부딪히며 서로의 힘이 만들어낸 반발력에 둘 다 뒤로 밀려났다.

"어찌."

현 상황을 봉은 믿을 수 없었다.

죽어가는 해태가 소별왕의 힘을 받은 자신과 비등하다니.

'......!'

봉의 부릅떠진 눈동자가 파르르 떨렸다가 이내 눈가가 일그러졌다.

"설마!"

봉이 몸을 파르르 떨며 경악성을 내뱉었다.

"크허엉!"

해태는 히죽 웃으며 다시 발을 굴렀다.

"이놈!"

봉은 분노에 찬 일갈을 터트리며 해태를 향해 달려들었다.

하지만 해태가 향한 곳은 봉이 아니었다.

바로 어정쩡하게 싸움에 참가한 황이었다.

"흑!"

황은 다급히 하늘로 날아올랐지만, 해태의 뜀은 그보다 빠르고 높았다.

"크허어엉!"

이때에 황의 목숨을 끊어버리겠다고 작정한 듯 그녀를 덮쳐가는 해태의 눈에는 지독한 살기가 감돌았다.

"감히!"

황은 창날만큼 길고 날카로운 발톱으로 해태의 배를 찍어갔다. 하지만 그 순간 해태는 진체를 버리고 집채만 한 거대한 진신을 들어냈다.

해태는 앞뒤 가리지 않고 진신내력을 단숨에 폭발시켜버린 것이었다.

그러자 제아무리 황의 발톱이 날카롭다 하여도, 해태의 진신에 비하면 코끼리에 모기 하나 달려드는 꼴이 되어버렸다. 황의 입장에서 보면 제법 큰 상처를 만들어냈지만, 해태의 입장에서는 자잘한 상처 하나 난 정도에 불과했다.

해태는 고개를 틀어 황의 다리 하나를 입안으로 밀어넣으며 허리를 깨물었다.

"꺄아악!"

황은 허리가 끊어지는 고통에 비명을 지르며 살기 위해 진신을 들어내려 했다.

하지만 해태의 무자비한 공격이 먼저였다.

해태는 허리를 와짝 씹어 반쯤 부수고는 바닥으로 내동댕이친 것으로도 모자라 앞발로 꿈틀거리는 황의 가슴을 짓밟았다.

"꺄하아아아아!"

황이 뒤늦게 진신으로 돌아갔지만 이미 허리가 부러지고 가슴이 함몰된 이후였다.

해태는 고통에 꿈틀거리는 황의 긴 목을 다시 깨물었다.

"이! 이노옴!"

그 모습에 봉의 눈이 뒤집혔다.

봉은 분노에 찬 고함을 지르며 순식간에 진신, 거대한 한 마리 거조로 변했다. 그것으로도 모자라 소별왕이 내려준 힘까지 폭발시켜 해태를 향해 내려갔다.

그런 봉의 모습은 마치 별똥별이 떠오를 정도로 몸 주변에 붉은 기운이 넘실거렸다.

콰드득!

봉의 발톱은 해태의 등가죽을 뚫고 척추를 움켜잡았다.

"크헝!"

고통에 해태는 울음을 흘리면서도 입에 문 황을 놓치지
않았다.

봉은 그 모습에 목을 젖혀 바위에 정을 박듯 부리로 해태
의 목을 찍었다.

콰직!

뼈가 바스러지는 소리가 해태의 몸을 타고 만들어졌다.

그 상처가 심각했던지 해태의 눈이 잠시 뒤집어지며 몸
이 바르르 떨렸다. 동시에 힘이 풀린 듯 황의 목을 문 턱이
살짝 벌어졌다.

『끄으으.』

황은 고통이 조금 누그러지자 겨우 정신을 다잡으며 해
태에게서 벗어나려 발톱을 세워 해태의 배와 가슴을 마구
할퀴었다.

"크르르르."

뒤집어졌던 해태의 눈이 다시 돌아오자 은은한 녹색 안
광이 감돌았다.

회광반조(回光返照)의 기운이었다.

『내 네년만은 저승길의 동무로 삼으리라!』

"크허엉!"

해태는 잘 겨눠지지도 않는 목에 힘을 줘 다시 황의 목을 깨물었다. 해태는 황의 목을 뜯어내려는 듯 거칠게 머리를 흔들었다.

『으아아! 꺼어어⋯⋯.』

황의 숨이 서서히 가늘어지며 힘없이 몸이 축 늘어지자, 봉은 해태의 등에서 더욱 미쳐 날뛰기 시작했다.

등가죽이 걸레처럼 헤지고, 살점이 찢기고 척추뼈가 바스러지고, 내장이 끊겨갔지만, 해태는 황의 목을 물고 죽겠다 마음을 먹은 듯 요지부동이었다.

『안 된다! 그리는 안 된다!』

이대로는 해태를 황에게서 떨어뜨리지 못한다 여긴 봉은 핏발이 선 눈으로 하늘로 높이 날아올랐다.

쑤아아악!

그리고는 소별왕의 기운만이 아니라 자신의 기운마저 태우며 해태를 향해 뚝 떨어져 내렸다.

"캬하아아!"

『죽인다! 죽인다!』

봉의 눈에는 죽어가는 황과 죽어가며 황을 죽이는 해태만이 가득 들어차 있었다.

"캬하아아아아!"

봉의 부리가, 발톱이 해태의 목을 낚아채려는 그때였다.

"크하아앙!"

산을 울리는 거대한 울음이 야산을 뒤흔들었다.

그 울음은 번개처럼 봉의 얼굴을 덮쳤다.

쾅!

봉의 얼굴이 틀어지며 그의 신형은 해태를 지나쳐 바닥에 처박혔다. 그로 인해 땅이 흔들릴 정도로 파음이 먼지와 함께 터졌다.

"크르르, 크하앙!"

봉이 머리를 털며 시선을 들었다.

그의 눈에 바위만 한 한 마리 백호가 달려오고 있었다.

『네놈은!』

봉은 한눈에 백호의 정체를 알아보았다.

하지만 봉의 시선은 박현에게 오래 머물지 않았다. 스쳐지나가듯 빠르게 해태에게 물려 죽어가며 힘없이 자신을 쳐다보는 황에게로 향했다.

『이 잡놈들이! 너희가……, 너희가! 모두 죽여버리겠다!』

봉은 그대로 몸을 일으키며 달려드는 백호, 박현을 날개짓으로 쳐냈다.

콰당탕탕탕!

힘의 차이를 보여주듯 박현은 날개짓에 제대로 된 저항

한 번 못해보고 힘없이 십여 미터를 힘없이 나가떨어졌다.

그 사이 봉은 크게 날개를 저으며 허공으로 떠올랐다가 화살처럼 해태를 향해 다시 날아갔다.

"캬하악!"

허나 어느새 날개를 활짝 펼친 박현이 봉보다 빠른 속도로 봉의 등으로 날아올랐다.

봉의 목에 올라탄 박현은 백독수리에서 백우로 다시 진체를 바꿨다. 그리고 마치 말을 타듯 봉의 목 깃털을 잡아 옆으로 틀었다.

"쿠르르르. 쿠허엉!"

힘을 쥐어짜 힘겹게 봉의 머리를 옆으로 틀자 봉은 또다시 해태를 죽이지 못하고 옆으로 비켜 날아오르고 말았다.

『이 찢어 죽여도 시원찮을 놈이!』

개미보다 못하다 여긴 박현이었지만, 마음이 급한 상황에서 결정적인 순간마다 자신을 방해하니 화가 치밀어오르다 못해 머리가 폭발할 정도였다.

눈에서 핏발이 서다 못해 붉은 사기마저 내뿜으며 봉은 진신을 줄여 진체로 변해 몸을 뒤로 틀었다.

콱!

눈앞에 선 박현의 목을 그대로 움켜잡았다.

"킥! 킥킥!"

봉보다 반 배는 큰 백우가 봉의 손에서 괴로운 듯 발버둥을 쳤다.

"……!"

목을 잡고 보니 백호가 아니라 백우였다.

그러고 보니 자신의 등을 탄 게 이상했다.

아무리 뒷다리 힘이 좋아 높이 뛸 수 있는 호랑이라고 해도 그 한계가 있는 법. 하늘을 나는 자신의 등까지 뛰어오를 수 없었다.

백우의 모습으로 발버둥 치는 박현을 바라보는 봉의 눈에 의아함과 호기심이 잠시 피어났지만 그저 스쳐 지나가는 감정일 뿐이었다.

"너의 정체가 무엇인지 모르나, 너는 죽는다."

봉은 다리를 퉁겨 올려 박현의 목과 가슴을 발로 움켜잡으며 날개를 활짝 펼쳤다.

"캬하아아아!"

박현이 어찌할 사이도 없이 봉은 다시 진신을 드러냈다. 그러자 박현은 마치 한 마리 독수리의 발톱에 걸린 자그만 쥐가 된 듯 그의 발톱에 완전히 잡아 먹혀버렸다.

하늘로 높이 날아오른 봉은 날개를 접고 다시 바닥으로 뚝 떨어졌다.

그리고 박현을 단숨에 눌러 죽이려 있는 힘껏 바닥을 구르며 내려섰다.

"크허엉!"

그때 해태의 울음이 터졌다.

*　　　*　　　*

해태는 등 살점이 반 이상 뜯겨나가고 갈비뼈도 몇 대 부러졌다. 부러지지는 않았지만 목에 금이라도 간 듯 조금만 몸을 틀어도 정신이 아득해질 정도로 고통이 느껴졌다.

하지만.

'조금만! 조금만!'

해태는 몸에서 급격히 힘이 빠져나가는, 아니 사라지는 것을 느꼈다. 처음에는 그저 소별왕의 힘만 지우면 족하다 여겼다. 그런데 황을 죽일 수 있는 기회가 왔다.

이 기회를 놓칠 수 없었다.

손자를 위해.

천추의 한으로 남은, 그리고 그분의 남겨진 핏줄을 위해.

해태는 악착같이 황의 목을 끊어내기 위해 턱에 힘을 주고 버텼다.

『네, 네 이놈. 꺼어어……. 죽어도 너를 잊…….』

목이 물린 채 축 늘어진 황은 죽어가면서 해태를 향해 악독한 저주를 쏟아부었다.

그녀의 저주 섞인 목소리에 눈길 한 번 줄 법한데 해태는 묵묵히 그녀의 머리를 발로 밟은 채 목을 끊어갔다.

봉의 공격에 자신의 목숨이 끊어지느냐, 아니면 그 전에 황의 목줄을 잘라내느냐.

목숨을 건 찰나의 승부였다.

쑤아아아악

칼날 같은 한 줄기 바람 소리가 해태의 귀를 파고들었다.

봉.

'제발! 제발!'

해태는 더욱 거칠게 황의 목을 물고 늘어졌다.

그때였다.

"크하아앙!"

그때 호랑이의 울음이 땅을 타고 느껴졌다.

쾅!

그 울음이 봉의 바람을 막아냈음을 느꼈다.

누구의 울음인지 상관없다.

해태는 그저 찰나의 시간 싸움에 목숨보다 귀한 시간이 만들어진 것이 더 중요했다.

지직— 지지직!

해태는 집요하게 봉의 목을 끊어갔다.

하지만 그것도 잠시, 해태의 움직임이 뚝 멈췄다.

시퍼런 독기만 남아 있던 해태의 눈동자가 갑자기 흔들리기 시작했다.

"쿠르르르, 쿠허엉!"

이때 울린 백우의 울음이 해태의 독기를 깨트려버렸다.

『혀, 현아!』

해태는 황의 목을 놓으며 고개를 돌렸다.

콰아앙!

『끄아아악!』

그 순간, 땅으로 내려꽂히는 봉의 발에 박현의 몸이 바스러졌다.

"크허엉!"

해태는 온몸이 부서지는 듯한 고통에도 모든 힘을 쥐어짜 내 봉에게로 달려들었다.

쾅!

해태가 우악스럽게 봉에게 달려들자 둘은 뒤엉켜 바닥을 몇 차례 나뒹굴었다.

"캬하아아!"

허나 이미 모든 힘을 쥐어짜내 불씨만 남은 해태와 여전히 힘이 남아도는 봉의 힘겨루기는 너무나도 뻔했다.

봉은 가볍게 몸을 뒤집어 해태의 목을 발톱으로 베어버리며 곧장 황에게로 날아갔다.

"꾸륵. 꾸륵!"

황은 죽음을 앞두고 간헐적으로 경련을 일으키며 하얀 거품을 내뱉었다.

『아니 된다. 이리 갈 수는 없다! 너를 보내고 내 어찌 살라고!』

봉은 날개로 죽어가는 황을 감싸 안았다.

『내 너를 이리 못 보낸다. 이리는 못 보내!』

봉의 몸에서 찬란한 빛이 붉은색으로 피어났다.

"캬아아아아아!"

봉은 폐부까지 쥐어짜는 듯한 괴로운 신음을 흘리며 모든 힘을 황에게 밀어 넣었다.

"꺄아아악!"

그 힘이 괴로운 듯 신음조차 흘리지 못하던 황도 몸을 바르르 떨며 고통에 찬 울음을 터트리며 발버둥 쳤다. 그 발버둥에 봉의 몸 곳곳에 상처가 만들어졌지만, 봉은 그런 황을 억세게 끌어안을 뿐이었다.

봉의 아픔만큼, 황의 고통만큼 불안하게 일렁이던 붉은 기운은 어느새 새하얀 빛을 담기 시작했다.

그리고.

"쿠르르."

해태는 안간힘을 쓰며 일어나 비틀거리는 몸으로 박현에게로 달려갔다.

『현아! 현아!』

해태는 인간의 모습으로 되돌아가 박현을 부둥켜안고 처절하게 울었다.

"해, 해태 님."

그때 서기원이 모습을 드러냈다.

해태는 고개를 번쩍 들어 그를 쳐다보았다.

"어서, 무녀에게, 한씨 아이에게 데려가라! 어서!"

해태는 부들거리는 손으로 박현을 서기원에게 넘겼다.

"한시라도 빨리 데려가거라! 그 아이에게 내 모든 것이 있다."

"아, 알았어야. 해, 해태 님은……."

서기원은 울음기가 묻어나오는 목소리로 대답했다.

"나는 아직 할 일이 남았구나."

해태는 서기원 품에 안긴 박현을 잠시 내려다보았다. 그리고는 고개를 돌려 소별왕의 힘이 쏟아지는 봉과 황을 쳐다보았다.

"저 힘을, 저 힘만은 지워야 해!"

해태는 그의 마지막 한 줌의 힘, 마지막 한 줌의 생기를 폭발시켰다. 그로 인해 그의 눈에서 죽음의 기운이 담긴 푸른 안광이 피어났다.

"크허엉!"

그리고는 다시 진신을 드러내며 봉과 황에게로 달려나갔다.

"신이시여!"

한설린의 목소리가 하늘에서 내려왔다.

그녀의 손에 해태가 남긴 목함이 들려 있었다.

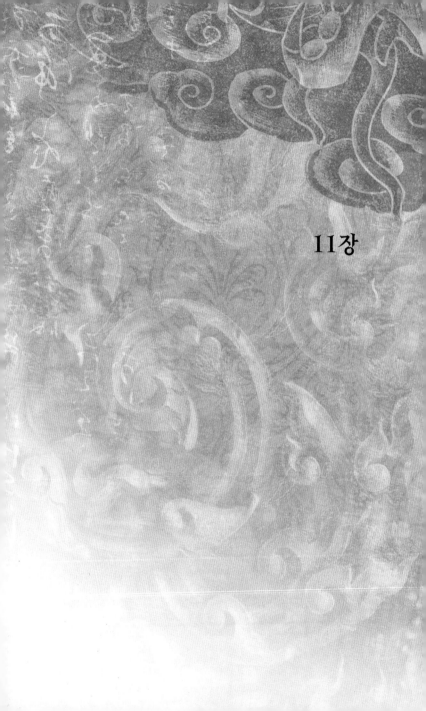

11장

"쿨럭!"

한설린이 해태가 남긴 내단을 박현의 입에 넣자 박현은 금세 죽은 피를 토하며 눈을 떴다.

"괜, 괜찮아야?"

서기원이 다급히 다가서며 물었다.

"아직 몸이 성하지 않습니다."

한설린이 기운으로 박현을 부드럽게 감싸 안았다.

"하, 할아버지는?"

박현은 한설린의 기운을 물리며 자리에서 일어났다. 한설린의 말처럼 겨우 몸만 수습한 터라 온몸이 부서질 듯 고통스러웠다.

허나 그보다 중요한 것이 있었다.

바로 해태였다.

피로 이어지지는 않았지만, 누구보다 따뜻한 품을 내어 준 할아버지였다.

"할아버지는!"

서기원과 한설린의 표정이 어둡자 박현이 자리를 차고 일어나며 소리치듯 다시 되물었다.

"저기야……."

서기원이 우물쭈물 간신히 입을 열었지만 더는 이어지지 않았다.

"……!"

그때였다.

박현은 신기하리만큼 고개가 어느 한 곳으로 돌아갔다.

저 멀리, 아득히 저 멀리.

해태가 있었다.

보이지 않아도, 들리지 않아도 알 수 있었다.

그리고 해태가 죽어가고 있음이 느껴졌다.

"안 돼."

박현은 고통을 이겨내기 위해 입술을 깨물며 몸을 틀었다.

그리고 축지를 밟기 위해 발을 밟으려는 그의 앞에 한설린이 엎드려 막아섰다.

"아니 되옵니다. 가시면 아니 되옵니다!"

한설린이 울부짖듯 청했다.

"그래야! 지금은 아니어야!"

"내가 죽어간다면 너는 안 올 거냐?"

"그, 그거야……."

서기원은 말을 잇지 못했다.

"기원아."

"으, 응."

"내가 봉황의 시선을 돌리면, 네가 할아버지를 안전한 곳으로 모셔줘."

"휴우—, 알았어야."

"부탁한다."

박현은 서기원의 어깨를 툭 치며 축지를 밟았다.

"젠장! 내가 전생에 무슨 업을 이리도 많이 쌓았다야."

서기원도 박현을 따라 축지를 밟았다.

'부디!'

해태의 내단이 한 번 더 박현을 보호해 주기를 빌며 한설린도 불안하지만 어쩔 수 없이 허공으로 몸을 날렸다.

"꺄하아아아아아아아!"

처절하며 구슬픈 울음이 들려왔다.

혹여나 해태의 것이 아닐까 박현의 눈가가 움찔거렸다. 그러나 그 울음은 해태의 것이 아니었다.

봉의 것이었다.

박현은 해태의 초가가 있던 자리가 훤히 내려다보이는 산정에 올라섰다.

거대한 한 마리 새, 봉이 하늘을 올려다보며 울부짖고 있었다.

봉의 지척에 그보다는 조금 작은 한 마리 거조가 목이 뜯겨나간 채 늘어져 있었다.

황이었다.

그리고 봉의 발아래, 그보다 좀 더 큰 덩치의 맹수가 쓰러져 꿈틀거리고 있었다.

그 맹수를 보자 박현의 눈이 부릅떠졌다.

'할아버지!'

박현의 눈에 핏발이 섰다.

박현은 날개를 활짝 펼쳐 하늘로 솟아올랐다.

진체는 곧 거대한 한 마리 독수리, 진신으로 변해 울부짖고 있는 봉을 기습적으로 덮쳐갔다.

"캬하아악!"

콱!

박현의 기습은 완벽했다.

날카로운 발톱은 봉의 등을 완벽하게 찍었다.

"꺄하아악!"

하지만 기습은 허무하리만큼 아무 소용이 없었다.

박현은 봉이 몸을 털자 그 힘을 이기지 못하고 떨어져 나
갔다.

아무리 박현 또한 진신을 들어냈다고는 하지만 일단 몸
집 자체가 반에 반도 안 되는 데다가 겨우 몸을 추스른 상
태라, 애초에 상대가 될 리 없었다.

"캬르르르."

봉은 바닥에 나뒹구는 하얀 독수리, 박현을 보자 봉의 눈
에 시퍼런 살기가 날뛰기 시작했다.

『크크크!』

봉은 박현을 향해 몸을 훌쩍 날리려 했다.

콱!

하지만 봉은 박현을 향해 다가갈 수 없었다.

숨만 붙어 꿈틀거리던, 죽어가는 해태가 손을 뻗어 봉의
발목을 움켜잡았다.

『안…… 된다…….』

해태는 고개를 들어 봉을 쳐다보았다.

봉은 해태를 내려다보았다.

해태의 얼굴은 처참했다.

눈 하나는 깨진 듯 피가 흘러내리고 있었고, 귀는 찢겨나가 있었다. 비단 그뿐만이 아니었다. 자신의 발목을 잡고 있는 손 역시 발톱이 절반 이상 뽑혀나가 있었다.

곧 죽을 놈이.

봉은 피식 조소를 머금었다.

툭—

가볍게 해태의 손을 뿌리친 봉은 발을 높게 치켜올렸다. 그리고 발톱을 활짝 세워 해태의 목을 향해 내리그었다.

아슬아슬하게 수습된 박현의 몸이 다시 깨졌다.

깨진 몸을 부들부들 떨며 몸을 일으키던 박현은 해태의 목으로 떨어지는 봉의 발톱을 보자 이성의 끈이 다시 뚝 끊어졌다.

"크하아앙!"

박현은 백호로 변해 봉에게로 달려나갔다.

봉의 눈빛이 지독하게 바뀌며 해태의 목을 노리던 발을

내려놓았다.

『저 녀석이 네놈의 손자라고 했던가?』

『끄으으.』

해태는 떠지지도 않는 눈을 겨우 뜨며 고개를 저었다. 뭔가 말을 하려 했지만 입안이 뭉개진 듯 확연한 말은 나오지 않았다.

『너도 피눈물을 흘리며 눈앞에서 사랑하는 이의 죽음을 보아라. 내가 그랬던 것처럼!』

봉이 날개를 활짝 펼치자 해태는 다시 엉금엉금 기어와 봉의 다리를 부여잡고 늘어졌다.

콰직!

봉은 다리를 뿌리치며 그의 어깨를 밟아 부쉈다.

부서진 발로 바동거리는 해태를 죽일 듯 내려보다 고개를 틀며 날개를 휘저었다.

쏴아아아아—

봉은 날갯짓으로 돌개바람을 만들어 박현을 가뒀다.

"크하아아악!"

박현이 돌개바람에서 벗어나기 위해 발버둥을 쳤지만 그의 몸은 돌개바람에 갇혀 허공으로 띄워졌다.

봉은 가볍게 허공으로 날아올라 돌개바람 안으로 발을 쑥 집어넣어 박현의 목을 움켜잡았다.

『네놈을 어찌 죽여야 해태가 고통스럽게 눈을 감을까.』

봉은 히죽거리며 날개를 활짝 펼쳤다.

쏴아아아 — 콰앙!

이어 박현, 백호를 바닥에 깔아뭉개기 위해 하늘로 높이 날아오르더니 지상으로 뚝 떨어졌다.

박현의 온몸이 다시 바스라지기 직전.

툭—

의식이 다시 끊겼다.

'……?'

새하얀 세상, 그리고 새카만 세상.

흑과 백이 동시에 공존하는 곳.

바로 자신의 내면이었다.

『현아!』

'하, 할아버지?'

해태의 목소리에 박현이 눈을 부릅뜨자 두 그림자가 튀어와 품으로 파고들었다.

낙타.

그리고 사슴.

아홉이 모두 깨어났다.

'할아버지!'

박현은 다시 눈을 떴다.

쑤아아악—

바닥에 짓눌리기 직전 백호가 백사로 변했다.

박현은 기묘한 움직임으로 봉의 아귀에서 빠져나왔다.

투웅—

봉의 발등으로 올라선 박현은 다시 백사에서 백토끼로 변해 봉의 머리로 뛰어올랐다. 그리고는 다시 백호로 변해 봉의 눈을 향해 발톱을 휘둘렀다.

서걱!

백호의 발톱은 봉의 눈을 베지 못했지만, 발톱을 뒤덮고 있던 은은한 강기가 아슬아슬하게 흠집을 만들어내고 말았다.

"캬하아아아아아!"

『이 망할 새끼가! 죽여버리겠다! 죽여버리겠어!』

봉은 몸부림치며 크게 날개를 휘둘러 박현을 후려쳤다.

콰앙!

박현은 그 힘을 이기지 못하고 땅바닥으로 처박혔다.

『꺼어.』

고통에 몸을 파르르 떠는 그의 눈에 봉의 커다랗고 날카로운 발톱이 들어찼다.

박현이 이를 악물고 옆으로 몸을 날리려는 그때였다.

"크허엉!"

거대한 산짐승이 봉을 덮쳤다.

붉게 물든 하얀 털을 가진.

해태였다.

해태는 부러진 이로 봉의 목을 물고 늘어졌고, 뽑히고 꺾여 뭉텅해진 발톱으로 봉의 가슴을 마구 할퀴었다.

『이 개호로 잡놈들이!』

결국 다시 분노가 폭발한 봉은 해태를 바닥에 내동댕이치고, 발로 그의 머리를 내려찍었다.

"크허어어……."

바닥에 쓰러진 해태는 그저 잘게 경련을 일으키며 거친 숨만 몰아쉴 뿐이었다.

"캬하아아아아!"

봉은 날아올라 해태의 목과 가슴을 발톱으로 찢어발겼다.

"크르르르."

해태는 봉의 공격에도 그저 미약하게 꿈틀거릴 뿐 반항조차 하지 못했다.

그리고 그의 숨이 서서히 끊어져 갔다.

『아, 안 돼!』

박현은 힘겹게 자리에서 일어나며 소리쳤다.

"씨익—, 씨익—."

해태는 겨우 머리만 꿈틀거려 박현을 쳐다보았다.

고통 속에서 해태는 웃었다.

여전히 인자한 눈으로.

툭!

박현의 의식이 다시 끊겼다.

『현아.』

'하, 할아버지?'

『너는 내 모든 것이다.』

'네?'

『이 할애비가 준 것이 마음에 안 들더냐?』

'무슨……'

후오오오오—

박현은 그 순간 몸에 잠들어 있던 어마어마한 양의 힘을
느낄 수 있었다.

『할 말이 많다만.』

'……?'

『우선 용이 되어야 한다.』

'우선? 우선이라니요!'

『용이 되어라.』

그 말에 기다렸다는 듯이 아홉의 동물이 박현에게로 달려와 처박히듯 품으로 스며들었다.

화아아아아—

장막이 걷히듯 다시 현실로 돌아왔다.

『네놈의 육신을 잘라…….』

살기를 내뿜으며 달려드는 봉이 보였다.

쿠르르르르르.

박현의 몸 주위로 공기가 끓어올랐다.

'용.'

박현은 봉의 공격에도 아랑곳하지 않고 해태를 쳐다보았다.

쾅!

거대한 조개가 튀어 올라와 봉의 발톱을 막아냈다.

평소의 크기와 달랐다.

봉의 크기에 비견할 정도로 그 크기가 엄청나게 거대해졌다.

"크르르르르."

거대한 조개껍데기 뒤로 박현의 몸이 떠올랐다.

해태를 내려다보는 박현의 눈에서 눈물이 주르르 흘러내렸다.

'되지요.'

박현의 눈에 눈물이 그치며 핏발이 섰다.

입술을 깨물며 주먹을 꽉 말아쥐었다.

'할아버지께서 되라 하시니…….'

박현은 다시 시선을 옮겨 봉을 쳐다보았다.

'되겠습니다. 용이!'

"크허어엉!"

박현은 고함을 내질렀다.

동시에 분노를 담은 시퍼런 살기가 폭사되었다.

인간의 모습은 이내 백호, 바뀌었다.

백호는 다시 흑호로.

흑호는 백사로, 백사는 다시 흑사로.

흑사는 백우로, 백우는 흑우로, 흑우는 다시…….

박현의 몸은 깜빡이는 전구처럼 여러 모습으로 빠르게 변해 갔다.

이어 폭발하듯 박현의 육체가 찢어지며 거대한 모습이 드러났다.

"크허어어어어어엉!"

용언이 터졌다.

하늘이 울었고, 지축이 흔들렸다.

       *   *   *

우르르 쾅쾅쾅!

하늘에 갑작스럽게 먹구름이 끼고 천둥번개가 내려쳤다.

비는 내리지 않았지만 스산한 바람이 휘몰아쳤다.

그 한가운데에 거대한 한 마리 용이 떠 있었다.

『어, 어찌……. 아니, 네가!』

봉은 당황한 듯 말을 좀처럼 잇지 못했다.

박현은 봉에게 시선도 주지 않고 유형의 기운을 내뿜어 죽은 해태의 몸을 어루만졌다. 그러자 집채만 한 몸집이 작아지더니 해태는 다시 인간의 모습으로 돌아갔다.

『기원아.』

박현은 산정에서 숨을 죽이고 기회를 엿보는 서기원을 불렀다.

『할아버지를 부탁한다.』

"아, 알았어야."

서기원은 축지로 다가와 해태를 조심스럽게 안아 들었다. 서기원이 재빨리 축지를 밟아 다시 그 자리에서 벗어나려는 순간이었다.

『가기는 어디를 가느냐!』

당황한 것도 잠시 봉이 다리를 크게 들어 서기원과 해태를 밟아 짓뭉개려 했다.

"으메! 깨비 죽어야!"

서기원은 해태를 부둥켜안으며 눈을 질끔 감았다.

쾅!

묵직한 파음이 서기원의 머리 위에서 울려 퍼졌다.

서기원이 눈을 슬쩍 들어 위를 쳐다보았다.

머리 위로 커다란 조개껍데기가 우산처럼 펼쳐져 있었다.

"으메~ 으메!"

서기원은 안전함을 확인하자마자 뒤도 돌아보지 않고 산 너머로 줄행랑을 쳤다.

『내 손에서 빠져나갈 수 있을 것 같으냐!』

봉이 서기원을 쫓아 몸이 흐릿하게 사라지려는 순간이었다.

촤아악!

조개껍데기에서 수십의 날카롭고 굵은 가시가 뻗어 나와 봉의 턱밑을 겨눴다.

『큭!』

봉이 주춤 옆으로 빠져나가려다 가시 하나에 목이 찔려 핏방울이 또르르 흘러내렸다.

그런 그의 앞으로 8의 모습을 한 빅민이 내려왔다.

『네 이놈!』

봉이 분노에 찬 일갈을 터트리자.

쑤아악— 서걱!

가시 하나가 칼날로 바뀌며 봉의 목을 베어갔다.

"헙!"

봉은 재빨리 고개를 옆으로 젖혀 조개껍데기 칼을 피했다. 하지만 그가 생각하지 못한 것이 있었으니. 그건 바로 반대편에서 목을 겨누고 있던 또 다른 가시였다.

봉은 목에 박힌 가시를 뽑지 않은 채 박현을 노려보았다.

그런 그의 몸에서 짙은 살기와 함께 붉은 기운이 넘실넘실 흘러나오기 시작했다.

용으로 탈피하기 전, 봉에게서 느껴지던 저항할 수 없는 그런 압도적인 힘은 아니었다.

자신이 용이 돼서인지, 아니면 해태가 그 힘을 많이 죽여서인지 모르나.

죽인다!

'아니 죽일 수 있다!'

박현은 내부에서 주체할 수 없이 끓어오르는 힘을 느끼며 봉을 내려다보았다.

'죽여, 네놈의 머리를 무덤가에 바치겠다!'

쏴아아아아—

박현의 몸에서 흰 듯 검은 듯 무색의 기운이 펄펄 뿜어져 나왔다.

콰드드득! 콰과곽!

"캬하아아아!"

봉이 몸을 웅크렸다가 날개를 활짝 펼치자 그의 주변을 에워쌌던 조개껍데기가 산산이 부서져 사방으로 흩날렸다.

화아아아—

봉은 붉은 기운을 남기고 하늘로 솟아올랐다.

그리고는 발톱을 세우고 박현을 향해 달려들었다.

"쿠허어엉!"

박현은 크게 숨을 들이마셨다가 용의 포효를 터트렸다.

그 힘이 얼마나 강력하던지 공기마저 일그러트려, 무형의 소리가 눈에 보일 정도였다.

"컄! 컄!"

그 포효는 봉을 잠시나마 허공에 가뒀다.

박현은 찰나의 틈을 놓치지 않고 하늘을 유영하여 봉의 몸을 휘감았다.

"캬하아악!"

숨쉬기 어려울 정도로 죄여오는 박현에게서 벗어나고자 봉은 발버둥을 치기 시작했다. 하지만 박현은 뒷발로 봉의 날개를 잡으며 앞발로 봉의 목을 움켜잡았다.

이어 봉의 머리를 잡아당겼다.

"크르르."

박현의 숨결에 누런 기운이 흘러나왔다.

"컥!"

누런 숨결을 들이켠 봉이 눈을 부릅뜨며 몸을 잘게 떨었다.

단순히 색이 섞인 숨이 아니었다.

그건 바로 지옥의 유황불을 담은 지독한 독이었던 까닭이었다.

『네놈은 내 손에 죽는다.』

툭—

다시 머릿속에 끈이 끊기는 느낌과 함께 눈앞 광경이 바뀌었다.

아무것도 없는 공간.

저 앞에 해태가 뒷짐을 진 채 인자한 얼굴로 자신을 바라보고 있었다.

'하, 할아버지.'

안다.

이제는 안다.

저 모습이 살아 있는 해태가 아님을.

그가 남긴, 그리고 자신이 흡수한 내단에 담긴 사념일 뿐이라는 것을.

"너는."

해태는 인자하지만 단호한 목소리로 입을 열었다.

"너만은!"

해태의 얼굴이 가까워졌다.

그가 가까이 다가와서가 아니었다.

박현이 해태의 말에 집중해서였다.

"천하를 호령하거라! 누구도 너를 업신여기지 못할 때도 의 길을 걷거라!"

화아아아아—

장막이 걷히듯 다시 현실로 돌아와 봉의 얼굴이 눈앞에 있었다.

"크르르르."

박현은 봉의 두 눈을 직시하며 입을 열었다.

『가지지요. 천하를, 누구도 넘보지 못하게 밟아버리겠습니다.』

『너 지금 무슨 말을……, 컥!』

봉은 당황해 말을 내뱉었지만, 그마저도 끝까지 잇지 못했다.

박현은 봉의 목을 더욱 움켜잡아 숨을 틀어 막아버리고
는 얼굴을 바로 코앞까지 잡아당겼다.

『그렇다는 거야.』

박현은 봉을 그대로 바닥으로 내밀쳤다.

쿵!

거대한 몸집이 땅바닥에 처박혔다.

그그그극!

그리고 기다렸다는 듯이 조개껍데기가 튀어나왔고, 껍데
기 표면에서 산호처럼 생긴 투박한 것들이 촉수처럼 자라
나 봉의 몸 곳곳을 포박했다.

박현은 그런 그의 모습을 바로 위에서 내려다보았다.

『나를 너무 우습게 보는구나. 짐 또한 새들의 왕, 봉이
다!』

콰득 콰드득!

봉은 거칠게 산호를 부수며 몸을 일으켜 세웠다.

"캬하아아아아아!"

봉은 거칠지만 창대한 울음을 터트리며 박현을 향해 날
아올랐다.

박현은 피식 웃으며 몸을 크게 틀며 봉의 머리로 꼬리를
휘둘렀다.

콰직!

봉이 재빨리 옆으로 몸을 튼다고 틀었지만, 완전히 피할 수는 없었다. 박현의 꼬리가 봉의 날개를 그대로 후려치자 봉은 중심을 찾지 못하고 휘청였다.

"크르르르."

박현은 다시 봉에게로 다가갔다.

그런데 그 순간.

왠지 이 몸집을 유지하며 백우가 될 수 있을 것만 같았다.

백우가 되어 봉의 날개를 찢어발길 수 있을 것만 같았다.

"크허어엉!"

박현이 마음을 먹은 순간, 용의 형상 위에 백우의 잔상이 만들어졌다.

잔상은 진상(眞像)이 되었다.

퍼엉!

거대한 백우는 봉의 얼굴에 주먹을 내리꽂았다.

봉의 신형은 힘없이 아래로 툭 떨어졌다.

하지만 그게 끝이 아니었다.

박현은 떨어지는 봉의 날개를 부여잡고 배 위에 올라탔다.

쾅!

그리고는 추락하는 봉의 그대로 배를 밟아 으스러트렸다.

"캬아아아악!"

봉은 괴로운 듯 몸부림치며 발버둥을 쳤지만 백우로 변한 박현의 억센 손아귀에서 벗어나지 못했다.

좌악—

박현은 봉의 날개를 단단히 잡고 허리를 펴며 날개를 찢었다.

날개 하나가 찢겨 떨어져 나가고, 다른 날개는 반쯤 찢겨 파드득 떨었다.

퍽—

그리고 백우의 모습이 안개가 흩어지듯 사라지고 그 자리에 다시 용의 모습이 드러났다.

『끄으! 꺼어—.』

박현은 겨우 하나 남은 날개로 파닥거리는 봉을 내려다보았다.

그를 내려다보는 박현의 눈빛은 차갑다.

몸은 펄펄 끓어오르는데 머릿속은 눈빛만큼이나 차가웠다.

그를 내려다보는 박현의 눈빛이 가늘어졌다.

펄펄 끓어오르는 용암처럼 분노해야 정상이거늘.

그리 분노했었는데.

앞뒤 가리지 않고 목숨마저 던져가며 분노했었는데.

갑자기, 한겨울에 얼음장에 뛰어든 것처럼 차가워졌다.

어느 순간부터 이상하리만큼 분노하고 있는 것은 머릿속 한 부분일 뿐이었다.

용으로 각성한 때부터인가?

아니면……

"……!"

팟!

잠시 틈을 줬다고, 봉은 인간의 모습으로 변하더니 금세 축지를 밟아 자리를 벗어나고 있었다.

"크허엉!"

박현은 신력을 사방으로 터트렸다.

그 기운은 사방을 뻗쳐나가며 마치 결계처럼 주변의 기운을 동결시켜 버렸다.

"커억!"

갑자기 기운이 굳어버리자 봉은 몸을 바르르 떨며 피를 토했다.

그러나 봉은 다시 다리에 힘을 줘 다시 땅을 박찼다.

쾅!

그런 그의 앞에 조개껍데기로 만들어진 거대한 벽이 솟아나 가로막았다.

쾅! 쾅!

봉이 옆으로 몸을 날리자 다시 그의 앞을 조개껍데기가 가로막았고, 다시 몸을 틀었지만, 또 다른 조개껍데기가 그를 가로막았다.

잠시, 아주 잠시 벽을 바라본 봉은 천천히 몸을 돌렸다.

"크크크, 크하하하하하!"

봉은 몸을 돌려 미친놈처럼 크게 웃음을 터트렸다.

"그렇군. 그래."

봉은 뭔가 떠오른 듯 고개를 끄덕이며 박현을 올려다보았다.

"네놈이었구나."

대별왕.

그와 닿은 자.

박현을 올려다보는 봉의 눈은 질투심으로 가득했다.

"크크크크크. 우웨엑!"

그러더니 다시 미친놈처럼 웃었다.

웃다 피까지 토했다.

손바닥으로 피를 훔쳤다.

검은 피.

어차피 살 수 없다 여겼을까, 봉은 조소를 머금으며 피 묻은 손바닥을 말아쥐었다. 고개를 들어 박현을 올려다보는 봉의 눈빛은 조금 전과 달리 더욱 활활 타오르고 있었다.

"하지만 나는!"

봉은 크게 소리치며 다시 거대한 한 마리의 새, 새들의 왕, 진신인 봉으로 변했다.

『내가 이 땅의 황제다!』

"캬하아아아악!"

봉은 빛살처럼 박현에게로 날아갔다.

박현이 기운을 돌리자 시간의 흐름이 느려지기 시작했다.

'어떻게 죽일까?'

느려진 시간 속에서 박현은 그를 바라보며 손을 꿈틀거렸다.

'단숨에 죽일까? 아니면 처참하게 고통 속에서 죽일까?'

그 순간 느꼈다.

자신이 원하는 대로 봉을 죽일 수 있을 만큼 강해졌음을.

저 거대한 봉이, 넘을 수 없을 것만 같던 봉이 한없이 작아진 것이었다.

화르르르르─

『……!』

그때 봉의 기운이 바뀌었다.

미세하게나마 그의 몸 주변으로 태양의 것처럼 붉은 기운이 언뜻 드러나다 스며들기를 반복하고 있었다.

봉은 목숨을 버리고 진신진기를 태운 것이었다.

맹수처럼 튀어나와야 할 그 기운을 안으로 꾹꾹 눌러담
았다는 것은.

'자폭.'

스스로 폭탄이 되어 버린 것이었다.

누군가의 손에 죽지 않겠다는, 죽더라도 왕으로서 죽겠
다는 의지였다. 더불어 동귀어진까지는 아니어도 최소한
팔다리 하나는 가지고 가겠다는 결연이었다.

그런 봉을 보며 박현은 눈가를 찌푸렸다.

저 폭발을 온전히 견뎌낼 수 있다.

생명까지 태워 죽어가는 봉을 처참하게 갈기갈기 찢어죽
일 수 있었다.

하지만.

박현의 시선이 뒷산 정상으로 향했다.

그곳에 서기원이 있었다.

박현은 시선을 다시 옆으로 돌렸다.

다른 야산 능선에 수 명의 검계 무인들이 있었다. 그리고
그들 사이에 조완희가 있었다.

그리고 또 한 곳.

검은 점 하나.

그 안에 숨어 있는 비희와 초도.

박현은 다시 봉을 쳐다보았다.

봉의 몸은 한계점으로 치닫고 있던지 어느새 부풀어 올라있었다.

봉이 이대로 폭발한다면 주변은 초토화가 된다.

다른 이들이 어찌 되든 상관없으나, 서기원과 조완희는 아니다.

둘은 이 폭발에서 무사하기 힘들다.

고민은 길지 않았다.

박현의 용 위에 백호의 형상이 피어났다.

"크하아앙!"

박현은 빛살처럼 봉으로 날아가 더욱 커지고 날카로워진 발톱으로 봉의 목을 단숨에 베어버렸다.

"끄륵!"

봉의 목에 붉은 선이 피어났다.

부글부글—

이어 그의 목에서 붉은 기운이 불룩불룩 솟아났다.

박현은 몸을 돌려 봉을 쳐다보며 모든 기운을 집중시켰다.

콱!

그러자 거대한 조개껍데기 한 쌍이 튀어나와 봉을 집어삼켰다.

콰과과과과—

엄청난 폭발이 조개껍데기 안에서 터졌다.

그 폭발이 얼마나 강했던지 꽉 다문 껍데기가 순간순간 벌어지며 거대한 불길이 솟구쳤다 사라지기를 반복했으며, 폭음은 마치 천둥이라도 치는 것처럼 하늘을 흔들었고, 지진이라도 난 것처럼 땅을 흔들었다.

후드드드드—

조개껍데기가 활짝 열리자 그 안에서 검은 잿더미가 바닥으로 툭 떨어져 내렸다.

여전히 죽지 않은 듯 검은 잿더미는 꿈틀거리고 있었다.

박현은 검은 잿더미가 된 봉에게로 다가갔다.

검은 잿더미 안에서 유일하게 새하얀 두 눈동자와 눈을 마주쳤다.

『이것으로 그대와 본인의 은원은 끝이다.』

박현의 말에 봉의 눈빛이 마구 흔들렸다.

퍼석!

박현은 다리를 크게 들어 봉의 가슴을 밟아버렸다.

그러자 잿더미는 잿가루가 되어 허공 속으로 사라졌다.

"크르르르."

박현은 고개를 들어 하늘을 올려다보며 해태를 잠시 그

렸다.

잠시 후, 고개를 내려 서기원을 쳐다보았다.

서기원은 양손을 번쩍 들고 환호하고 있었다.

박현은 피식 웃음을 삼키며 검계 무리 속에 있는 조완희와 눈을 마주쳤다.

조완희는 그저 씨익 웃는 걸로 기쁨을 대신했다.

박현도 희미하나마 함께 웃어주었다.

하지만 그 웃음도 잠시, 박현은 굳은 표정을 지으며 어느 한 곳을 쳐다보았다.

밋밋한 땅.

박현이 그 땅으로 기운을 쏟아내자 콩만큼 작던 검은 구덩이가 찢어지듯 커졌다. 박현이 강제로 찢어 크기를 키운 구덩이 안에는 초도와 비희가 있었다.

뭔가 불안해 보이는 초도.

그리고 굳은 표정의 비희.

용이 되어 주변의 기운을 집어삼켰을 때, 박현은 서기원과 검계들뿐만 아니라 비희와 초도도 이곳에 있다는 것을 알아차렸다.

『언제부터 여기 계셨습니까?』

묻고 싶었다.

해태가 죽는 순간에도 보고만 있었는지 묻고 싶었다.

아니 물을 것이다.

박현의 눈빛은 차갑게 가라앉았다.

비희가 입을 여는 순간.

툭!

의식이 끊어지며 세상이 뒤집어졌다.

『현아.』

해태 그 본인이자, 그가 남긴 사념이 푸근한 미소를 자신
을 맞이하고 있었다.

'……할아버지.'

그를 보자 박현은 직감했다.

지금 이 만남이 마지막임을.

메말랐던 박현의 눈에서 습기가 차올랐다.

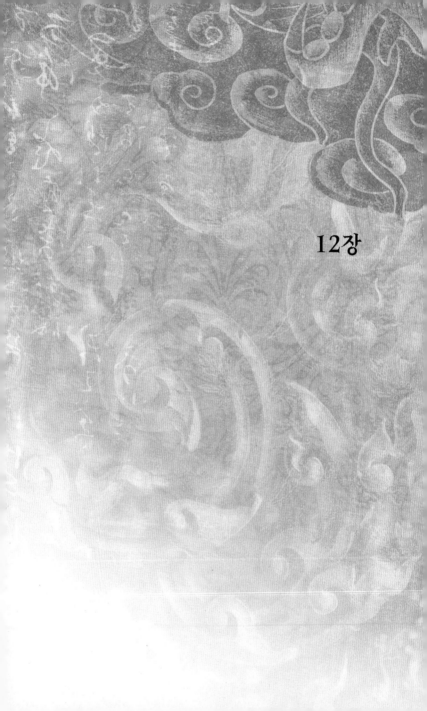

12장

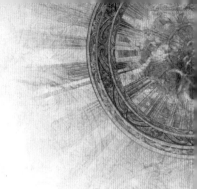

해태가 손짓으로 박현을 불렀다.

화아악—

그러자 둘 사이의 공간이 사라지며 주변에 풍경이 만들어졌다.

'여기는…….'

그렇게 만들어진 공간은 바로 해태의 초가 앞마당, 평상 위였다.

해태가 손을 휘젓자 둘 사이에 개다리소반과 그 위에 찻주전자와 찻잔 2개가 놓였다.

해태는 빙그레 웃으며 찻잔에 차를 따랐다.

『마시자.』

박현은 한시라도 해태의 얼굴에서 눈을 놓지 않았다.

『얼른 마셔보래두.』

찻잔을 들어 한 모금 마시던 해태는 박현을 보며 다시 차를 권했다.

박현은 해태를 빤히 쳐다보다 찻잔을 들었다.

차를 맛본 순간 박현의 눈이 동그랗게 떠졌다.

『좋으냐?』

좋았다.

맛만 따진다면 솔직히 좋은지 모르겠다.

다만 지금 마신 차는 바로 처음 만난 날, 해태가 자신에게 내어준 이름 모를 약초를 달인 그 차였다.

『현아.』

차를 한 모금 마신 해태가 부드러운 목소리로 불렀다.

'……예.'

박현은 크게 숨을 들이마시며 붉어진 눈시울을 감추고는 고개를 들었다.

『네가 나를 마주하고 있다면 너를 단단히 감싸고 있던 껍질을 깨었겠구나.』

'네.'

『이 할애비 복수는 해주었고?』

'네. 했습니다.'

『해주었으리라 믿으마. 그럼 내 뒤로 봉과 황이 오겠구나. 껄껄껄.』

사념이라 그런지 해태는 자신이 황을 죽인 것도 몰랐다.

『현아.』

박현이 무얼 대답하든 해태는 그가 남긴 생각을 말로 늘어놓았다.

『너는 껍질을 깨며 달라진 것을 느꼈을 거다. 특히 이 할애비의 죽음이 주는 충격이 별로 크지 않았지?』

해태는 장난기 어린 표정으로 박현을 놀리듯 물었다.

'……'

박현의 눈빛이 흔들렸다.

그가 이제 보지도, 기억하지 못함을 알았지만 죄송스러운 마음에 박현은 고개를 돌렸다.

『몸의 껍질이 깨지며 마음의 껍질도 깨어서 그런 거니, 자책하지 않아도 된다. 자연스러운 거란다.』

해태는 예상했다는 듯 박현을 달래주었다.

'죄송합니다.'

그에게 자신의 마음이 닿지 않겠지만 박현은 미안함을 표했나.

『천외천에 오르면 오욕칠정에서 자유로워진다. 차츰 인간의 감정을 잊게 되지. 그게 좋은 것인지 솔직히 나도 모르겠다.』

해태는 먼 산을 잠시 보며 푸념을 내뱉더니 이내 씨익 웃었다.

『그래도 아주 나쁘지만은 않아. 그래도 현아.』

'예, 할아버지.'

『너는 가능하면 오래오래 인간의 마음을 가지려 노력해 보아라. 할애비는 그랬으면 한다.』

'그리하겠습니다.'

『그래, 그래.』

해태는 박현을 지그시 바라보며 고개를 주억거렸다.

『흠!』

해태는 다시 먼 산을 잠시 쳐다보았다.

『너와 이렇게 오래오래 있고 싶다만 시간이 그리 많지 않구나.』

차오르는 습기에 박현은 눈을 감았고.

『네게 마지막으로 할 말이 있단다.』

마지막.

그 단어에 박현은 입술을 지그시 깨물었다.

『이 할애비가 일단 용이 되라고 말한 건 기억하느냐?』

'예. 기억합니다.'

『네 안에 또 다른 피가 흐르는 것도 알지?』

황금빛 기운.

'예.'

박현의 눈빛이 순간 딱딱하게 굳어졌다.

『그 피 또한 고귀하다.』

'제 어머니입니까?'

『거기까지는 이 할애비도 모른다.』

해태는 고개를 저었다.

'그러면.'

『하지만 고귀한 피임은 확실하다.』

'제 다른 피는 누구로부터 온 것이옵니까?'

해태의 표정이 다부지게 바뀌었다.

『굳이 알려 하지 마라. 때가 되면 알게 될 것이다.』

'알려 하지 말라니요!'

『그저 용으로 살거라. 그리고 네 속에 잠든 피는 잊거라.』

'어떻게…….'

『너를 위함이다. 그 피를 알려 한다면 무엇보다 네가 위험해진다.』

'……!'

박현의 표정이 굳어졌다.

『용생구자도, 중국의 오룡도, 일본의 뇌와 풍도 가만있지 않음이야. 그러니 용으로 살아가거라.』

둘 사이에 개다리소반이 사라지고 해태가 미끄러지며 바투 다가왔다.

그리고 손을 뻗어 박현을 손을 포근히 잡았다.

사념이라 그런지 따뜻함은 없었다.

그러나 따뜻했다.

『궁금한 모양이구나.』

빙그레 웃는 해태를 보며 박현은 입을 꾹 닫았다.

『궁금해도 참아야 한다. 아니 잊어야 한다. 그저 시간이 흐르면 자연스레 알게 될 테니. 그러니 용으로 살아가거라. 용으로.』

해태의 손아귀에 힘이 들어갔다.

『이 할애비의 마지막 당부이느니라.』

'그저 잊고 살아가면 되는 겁니까?'

『그래, 그러면 된다.』

'그럼 저는 앞으로 어찌 살아야 합니까?'

『껄껄껄.』

해태는 너털웃음을 터트렸다.

『천하를 가질 힘을 가진 놈이 뭘 묻고 그러누?』

'…….'

『네게는 북성도 있고, 용생구자도 있지 않으냐?』

'하지만 용생구자는…….'

『그래서 용으로 살라는 거다.』

'…….'

박현의 눈동자가 복잡했다.

『복잡하게 생각할 거 없다. 너는 너다. 다른 무엇이 아니야. 그냥 너로 살아가면 된다.』

'나는 나.'

『편하게 살거라, 편하게. 이왕이면 오랜 시간 인간의 감정을 잊지 말고.』

해태는 박현의 손등을 톡톡 두들겼다.

『이제 떠날 시간이 되었구나. 현아—.』

'할아버지.'

『짧았지만 좋은 인연이었다. 할애비는 그리 생각한다. 너도 그렇지?』

해태의 몸이 서서히 흐려지기 시작했다.

'하, 할아버지!'

박현이 손을 뻗어 해태의 손을 부여잡았지만 잡히는 건 없었다.

『이 할애비 말 꼭 명심하고. 잘 살거라, 할애비가 하늘에

서 지켜보마…….」

화아아아아—
장막이 걷히며 다시 현실로 돌아왔다.
"네가 용으로 깨어나기 직전이었다."
마치 멈췄던 영상이 다시 재생되듯 비희의 말이 흘러나
왔다.

　　'용으로 살아라.'
해태의 유언.
박현은 고개를 들어 하늘을 올려다보았다.
눈물이 주르르 흘러내렸다.
"미안하구나."
비희의 사과 어린 목소리가 들려왔다.
'어찌해야 하나?'
거짓임을 느꼈다.
물론 진실일 수도 있다.

　　'용으로 살아라.'
다시 떠오른 해태의 유언.
마지막 당부.
차가운 눈빛은 눈동자 깊숙한 곳으로 스며들어 자취를
감췄다. 동시에 눈매는 부드럽게 변했다.

"아닙니다."

박현은 비희를 내려다보았다.

"마음이 편치 않아 조금 날카로웠습니다."

두근 두근 두근!

비희는 박현을 보고 있자니 심장이 마구 뛰었다.

그에게서 느껴지는 익숙한 기운.

그건 아련한 아버지의 기운이었다.

물론 아버지의 기운과 똑같으냐고 물으면 아니었다.

박현의 기운은 아버지의 것보다 좀 더 거칠었다.

피가 그렇게 이어졌는지, 아니면 다른 피가 그리 변하게 했는지 모르나, 이것 하나만은 확실하다.

막내는.

아버지의 피를 온전히 이어받았다.

다른 피가, 가장 걱정했던 다른 피가 아버지의 순수함을 조금도 해치지도 침범하지도 않았다.

'아버지.'

비희는 차오르는 격정을 애써 다시 삼켰다.

박현을 올려다보는 비희의 눈은 한편으로 착잡함을 담고 있었다.

"이해한다."

비희은 최대한 담담하게 행동하며 누그러진 박현의 분위

기에 속으로 안도의 한숨을 내쉬었다.

이런 상황을 원한 것은 아니었는데.

그래도 어쩌겠는가?

이미 벌어진 일.

그나마 박현이 마음을 푼 듯하여 다행이었다.

"초도야."

일단 감정이 정리되자 박현은 검계와 서기원을 향해 고개를 돌렸다.

그 모습에 비희는 초도를 불렀다.

"예, 형님."

"우리는 그만 돌아가자."

"함께 안 가는 겁니까?"

비희는 박현을 힐끗 쳐다보았다.

"시간이 좀 필요할 게다."

"혹여……."

"그리 걱정 안 해도 된다. 내가 느꼈고, 너도 느꼈듯이 막내도 느꼈을 거다. 피의 동질감을."

그 말에 초도가 고개를 끄덕였다.

"그리고 형제들을 불러."

"형님들을요?"

"그래. 조사는 그만해도 될 듯하다."

"……."

"괜한 나의 기우였어. 괜한……."

비희는 씁쓸한 미소를 지으며 몸을 돌렸다.

팟!

이내 초도가 만들어낸 검은 구덩이가 사라졌다.

*   *   *

"저 아이……."

농문두 최석기가 박현을 바라보며 눈매를 가늘게 만들었다.

"아는 이입니까?"

검계주 윤석이 물었다.

"몇 달 전, 만석 큰스님이 돌아가신 걸 기억하시지요?"

택견계승회 회장 사도현.

"기억하다마다요."

"그분 발인식 때……."

사도현이 멋쩍은 듯 머리를 긁었다.

윤석은 그날 제법 많은 이들이 다쳤다는 사실을 떠올렸다.

불문과 무문에서 함구하는 분위기라 세세히 알아보지는 않았지만 그래도 대략적인 부분은 파악해 놓았었다.

"혹시 그때?"

윤석이 되묻자 사도현이 고개를 끄덕였다.

"심상치 않은 기운을 가졌다 싶었는데……, 용이라. 이
거 참."

사도현은 잠시 고개를 절레절레 저었다.

"이제 이 나라 왕좌는 저 아이의 것이 되겠군요."

윤석은 다가올 불확실한 미래에 눈빛이 복잡해졌다.

"봉황보다는 나을 겁니다."

사도현이 조금 떨어진 곳에 서 있던 조완희를 끌고 와 어
깨동무를 했다.

"신으로 태어났지만 인간으로 산 삶이 더 길거니와."

탁탁, 사도현은 조완희의 어깨를 소리 나게 두들겼다.

"봉황과 달리 본계와 인연도 적잖습니다. 특히, 이 녀석
이 있지요."

윤석이 조완희를 빤히 쳐다보다 의문을 표했다.

"그럼?"

"왜 보상 최가와 시끌벅적하게 한판 붙었던 백호가 저
아이입니다. 아니 이제 아이라고 하면 안 ……되려나? 하
하, 하하."

사도현은 어색한 웃음으로 말꼬리를 흐렸다.

"그리고 저기 저 무녀가 한성그룹 막내입니다."

무문두 환오 법사.

그 말에 윤석의 눈이 부적을 밟으며 박현 곁으로 내려서는 한설린에게로 향했다.

"화랑문과도 사이가 나쁘지 않다 하니, 우리의 입장에서만 본다면 봉황보다야 한결 편할 듯싶소이다."

"그렇다 하여도 결코 가벼운 자리가 아닙니다. 또 앞으로 가벼이 대하셔도 아니 됩니다."

윤석은 가볍게 충고하였다.

"그 정도 생각은 있소이다. 너무 걱정 안 하셔도 됩니다."

최석기가 걱정 말라는 투로 충고를 받아들였다.

"그리고 문두들도 각자의 정보가 있으면 본계로 넘겨주시기 바라오."

윤석은 계주로서 앞으로의 일을 생각하지 않을 수 없었다.

"민감한 부분은 제외하고 보고서를 올리겠습니다. 아무래도 저 녀석이 제 친구라서요."

조완희가 이해와 당부를 부탁하자, 윤석은 조완희를 잠시 쳐다보다 고개를 끄덕였다.

"이해하네. 그리고 좋은 다리가 되어주시게."

신을 접하는 부분의 특이성.

특히 무문 천가의 특별함을 윤석은 잘 알고 있었다.

이 기회에 좀 더 밀접해지는 기회를 가져보는 것도 나쁘지 않아 보였다.

윤석은 고개를 끄덕이며 곁을 지키고 있는 검수단 단장 김영수를 불렀다.

"예, 계주."

"저이에 관한 정보를 모두 모으게."

"명."

김영수는 절도를 갖춰 복명했다.

그때였다.

"가, 가주님!"

"회장님!"

"스승님!"

그때 산정을 넘어 골통 삼인방이 헐레벌떡 뛰어오고 있었다.

"오! 또 다른 다리가 되어줄 골통 셋이 오는군."

사도현이 골통 삼인방을 발견했다.

"크, 큰일이 났습니다."

망치 박이 거친 숨을 몰아쉬며 소리쳤다.

"무슨 일인데 그러느냐?"

최석기가 물었다.

"보, 봉황궁의 주인이 바뀌었습니다."

망치 박의 말에 다들 황당한 표정을 지었다.

"이놈아! 농도 자리를 봐가면서 해야 하거늘!"

최석기가 호통을 쳤지만.

"그게 아니라구요!"

망치 박이 대들듯 소리치며 고개를 저었다.

"봉황궁의 현판이 내려지고, 새로운 현판이 올라갔습니다."

그사이 숨을 고른 이승환이 차분한 목소리로 입을 열었다.

"새로운 현판?"

윤석의 눈빛이 번쩍이며 조완희를 쳐다보았다.

혹시 검계가 모르는 무언가가 있냐는 뜻이었다.

당연히 조완희도 몰랐기에 고개를 저었다.

"정확히 무슨 말이냐."

"용궁입니다."

"용궁?"

윤석이 눈매를 가늘게 만들며 추궁 어린 눈빛으로 조완희를 다시 쳐다보다 눈을 번쩍 떴다.

처음에야 용궁에서 앞글자 '용(龍)' 자에만 신경이 쏠렸지만, 이내 익숙한 두 글자 조합을 떠올린 것이었다.

"설마!"

"용왕이 바다에서 나왔습니다, 나무관세음보살."

당래불의 이어진 첨언에 '쿵!' 하고 공기가 내려앉았다.

"용왕이 뭍으로 나왔다. 허허, 허허허!"

최석기가 기가 찬다는 듯 헛웃음을 터트렸다.

"뭐가 어찌 돌아가는 겁니까?"

조용히 자리를 지키고 있던 역발문 문두 심규호가 머리를 벅벅 긁었다.

"어쩌면 한바탕 피바람이 불지 모르겠구나."

"그건 또 무슨 말입니까, 형님?"

심규호는 검문 문두 고중영에게 물었다.

"천년이나 세상을 외면하고 살았던 용왕이야. 허나 본질은 신라의 대왕, 문무이지. 그가 그 길고 긴 오랜 침묵을 깼어. 그게 와신상담이었는지, 아니면 돌아가는 판에 갑자기 욕심이 생겨서인지 모르나."

"끙."

"심 문두."

고중영이 심규호를 불렀다.

"예."

"봉황이 북으로 쉽게 움직이지 못한 건 해태도 해태였지만, 한편으로 용왕의 존재도 한몫했어."

"누가 모릅니까? 둘 사이를요."

"봉황이 해태를 죽이러 북으로 왔는데 용왕 문무가 침묵도 아닌, 북도 아닌 봉황궁을 선택했어. 이게 무얼 말하는 건지 모르겠나?"

"……설마?"

"그래. 다른 건 몰라도, 용왕 문무는 확실하게 용좌에 앉겠다는 의지를 드러낸 것이지."

"어쩌면 해태가 죽는다는 것을 미리 알고 있었을지도 모르지요, 나무관세음보살."

소운 큰스님이 말을 덧붙였다.

"일단 본계로 돌아가는 건 어떻소?"

최석기.

"그래야겠습니다. 조 박수는 남아 인사를 전해주게."

"알겠습니다."

"너희들도 남아."

사도현 회장의 말에 골통 삼인방은 싱글벙글 웃음을 삼켰다.

콩!

"아얏!"

최석기는 그런 망치 박의 머리에 꿀밤을 먹였다.

"분위기가 어떤지도 모르고. 에잉."

그렇게 검계 오문 문두들과 검수단이 급히 자리를 떴다.

"후ㅡ. 그럼 가자."

그들을 배웅한 후 조완희는 초가가 있던 공터로 몸을 날렸다.

*　　*　　*

용왕 문무는 대전 어좌 앞에 서 있었다.

그는 등받이 윗부분이 거칠게 뜯겨나간 부분으로 손을 가져갔다.

한 쌍의 봉황이 조각되어 있던 부분이었다.

"미리 준비해 두지 못한 소신의 불충을 용서해 주시옵소서."

서 상선.

그는 바닥에 엎드려 죄를 청했다.

"아니다. 그게 뭐 그리 중하다고."

용왕 문무는 신력으로 거친 부분을 부드럽게 다듬었다.

"새로 만들 거 없다. 용궁에서 가져오면 된다. 그리고 보니 이제 이곳도 용궁이군."

용왕 문무는 담담하게 농을 섞어 말하며 용상에 앉았다.

그가 가장 먼저 한 생각은 생각보다 의자가 딱딱하고 불편하다는 것이었다.

아무래도 오랜 시간 봉이 사용한 것이라 그의 몸에 맞게 길들여진 탓이리라.

의자야 바꾸면 되는 것이고.

중요한 건 의자가 아니었다.

여기에 앉았다는 것이다.

용왕 문무는 시선을 내려 대전 안에 엎드려 있는 자신의 충실한 신하들을 내려다보았다.

"남은 건 봉황을 기다리는 것뿐인가?"

용왕 문무의 눈빛이 싸늘하게 가라앉았다.

"모든 준비를 마쳐 놓았습니다. 이제 이곳은 봉황에게 사지(死地)가 될 것이옵니다."

신구가 걸걸한 목소리로 말을 올렸다.

그때 서보가 다급한 걸음으로 대전 안으로 뛰어들어 왔다.

"이게 무슨……."

서 상선이 그를 꾸짖으려 했지만 서보의 다급함이 먼저였다.

그는 빠르게 속삭였다.

"뭐라?"

서 상선의 목소리는 작았지만 표정만은 감추지 못했다.

"무슨 일인가?"

용왕 문무가 묻자 서 상선은 얼른 고개를 숙이며 입을 열었다.

"폐, 폐하. 봉황이 죽었다 하옵니다."

"봉황이 죽어? 설마 해태 그 친우가?"

"그건 아니옵고……."

"뭔데 그리 뜸을 들이는가. 어서 고하지 못하고."

서 상선이 잠시 말을 잇지 못하자 신구가 그를 재촉했다.

"해태 님은 봉의 손에 죽었으나."

이어진 서 상선의 말에 용왕 문무의 눈매가 가늘어졌다.

"박현이라는 아이의 손에."

"어허! 어서 말을 하지 못하고."

"죽었다 하옵니다."

신구의 재촉에 서 상선이 겨우겨우 말을 이어갔다.

"뭐라? 그 아이의 손에?"

용왕 문무의 눈에 의아심이 피어났다.

"설마. 그 아이가?"

"껍질을 깨고 용으로 승천했다 하옵니다."

"허허, 허허허. 크하하하하하!"

용왕 문무는 처음에는 기가 막히다는 듯 헛웃음을 터트렸다가 대소를 터트렸다.

"그 아이가 용이 되었다?"

박현에게서 느꼈던 꺼림칙한 감정이 다시 떠올랐다.

"이 모든 게 소신의 잘못이옵니다. 신을 벌하여 주시옵소서!"

서 상선이 이마가 깨지도록 바닥에 머리를 박았다.

"용이 될 그릇이었다면 어차피 그리되지 않았어도 용이 되었을 터."

"폐하."

신구.

"누가 오더라도 폐하의 존엄을 해치지 못할 것이옵니다! 신들을 믿어주시옵소서!"

"믿어주시옵소서!"

"믿어주시옵소서!"

"내 그대들을 믿는다. 허나!"

용왕 문무의 목소리가 살짝 높아졌다.

"이는 짐의 몫이다."

용왕 문무는 슬그머니 주먹을 말아 쥐었다.

"단지 봉황에게서 그 아이로 바뀐 것뿐이다."

누구든.

그 누구든.

이 자리를 탐할 수 없다.

탐한다면.

*   *   *

박현은 말없이 흔적만 남은 초가를 바라보고 있었다.

복잡한 감정에 서기원은 쉽사리 다가가지 못하고 거리를 두고 조용히 지켜보고 있었다.

"왔어야?"

그런 서기원 뒤로 조완희와 골통 삼인방이 내려섰다.

"저희도 왔습니다, 형님."

망치 박이 허리를 꾸벅 숙였다.

"신이시여."

한설린이 조용히 박현을 불렀다.

"왔어?"

그 목소리에 박현은 추억에서 빠져나왔다.

"수고했다."

조완희.

"야는, 지금 이 분위기에 수고했다고 그래야? 너도 참 분위기 파악을 못 해야."

"그럼 뭐라고 그러냐? 앙?"

서기원의 말에 조완희가 목소리를 낮춰 으르렁거렸다.

"그야……. 음……. 어……."

서기원은 입을 뗐지만 쉽사리 말을 내뱉지 못했다.

"일단 궁으로 가심이 어떠신지요?"

한설린.

"궁이라."

박현은 봉황궁을 떠올리며 복잡한 감정을 내비쳤다.

"그래야. 거기 가서 일단 마음을 정리해야. 그리고……
어라? 다들 표정이 왜 그래야?"

서기원이 한설린의 말을 거들다가 묘한 표정을 짓고 있
는 조완희와 골통 삼인방의 얼굴을 보았다.

"그게 말입니다."

"나무관세음보살."

"……."

셋은 하나같이 머뭇거렸다.

"……?"

박현은 몸을 틀어 그들을 쳐다보며 의아한 눈빛을 띠었
다.

"휴우—."

조완희가 한숨을 내쉬며 입을 열었다.

"봉황궁의 현판이 내려갔다.

"벌써야? 아니 누가야?"

서기원이 고개를 갸웃거렸다.

"새로 올라간 현판에 '용궁'이라 적혀 있단다."

"용궁이어야! 벌써 누가 그리 착한 짓을 했대야. 서 상선이어야?"

서기원과 달리 박현은 그 순간 용왕 문무를 떠올렸다.

"문무."

짧은 그 이름에 조완희는 고개를 끄덕였다.

"으메? 요, 용왕 문무야?"

"그래."

"아니, 그 양반은 왜 갑자기 뭍으로 나왔데야."

서기원은 황당한 표정을 지었다.

"봉황의 자리에 용왕 문무가 앉았다?"

박현의 눈매가 가늘어졌다.

그러다 피식 웃음을 내뱉었다.

"인간이나 신이나……, 욕망을 이기지 못하는 건 똑같은가?"

내뱉은 웃음에는 조소가 묻어 나왔다.

"어찌할 거여야?"

"어찌할 거냐?"

서기원과 조완희가 동시에 물었다.

그 물음에 골통 삼인방의 눈빛이 동시에 초롱초롱하게 바뀌었다.

"본인은······."

*　　　*　　　*

"그 자리가 참으로 좋은 모양입니다."

박현은 허공으로 떠올라 단 위 어좌에 앉은 용왕 문무와 눈높이를 맞췄다.

"오욕칠정을 잃는다는 천외천의 신들도 그 자리를 원하는 것을 보면."

"무엄하오. 이곳이 어디라고, 눈높이를 맞추려는 게요?"

서 상선이 크지 않지만 똑똑히 들리는 목소리로 호통 쳤다.

"됐다. 천외천이면 그만한 자격은 있는 것이지."

용왕 문무는 손을 저어 서 상선을 말리며 박현을 쳐다보았다.

"자네도 이 자리에 관심이 있는 겐가?"

은근한 장난기가 담긴 물음이었다.

허나 박현은 웃고 있는 입술 위로 차갑게 타오르는 욕망의 눈빛을 보았다.

피식 웃음이 흘러나왔다.

조소가 섞여 있음에도 용왕 문무는 눈에 띄는 반응은 없었다.

오로지 박현의 입만 지그시 바라볼 뿐이었다.

"어떤 대답을 원하십니까?"

"그걸 자네가 알지, 짐이 어떻게 아나?"

용왕 문무는 씨익 웃음을 더욱 짙게 만들었다.

그 모습이 상당히 능글맞아 보였다.

그리고 일순간 그의 얼굴과 봉의 얼굴이 겹쳐 보이는 것은 왜일까. 또 한편으로 저 자리에 앉으면 다 저리되는 건가 싶었다.

"대답이 늦군."

"이 자리를 천하의 사지(死地)로 만들어 놓고 대답을 강요하니, 본인이 알던 용왕이 아니십니다."

"과연, 천외천에 올랐다 하더니."

용왕 문무는 무릎을 손바닥으로 탁 쳤다.

"아―, 오해 말게. 짐이 그리 시킨 것이 아니야. 짐의 안위를 걱정하는 충심인 게지."

굳이 용왕 문무의 심기를 건드릴 필요가 없었기에 박현은 다시 만들어지려는 조소를 애써 참았다.

"그리고 자네가 어떤 선택을 하든 저들은 끼어들지 않을 것이야. 내 약조하지."

피식.

결국 참던 웃음이 결국 터져 나왔다.

그 웃음에 용왕 문무의 가면이 조금은 깨진 듯 눈썹이 꿈틀거렸다.

"원하다니 대답해주지요."

"말하게."

"관심 없습니다."

"참인가?"

안도하는.

좋아서 웃고 싶지만 겨우 참는.

그러면서도 의심하는.

의중을 궁금해하는.

참으로 수많은 감정이 찰나지만 얼굴에 드러났다.

그 순간 거울이 있다면 용왕 문무의 얼굴을 비춰주고 싶었다.

"그런 부분도 해태를 닮았군. 그 친우도 이런 자리에 하등 관심이 없었지."

용왕 문무는 팔걸이를 쓰다듬으며 잠시 생각에 잠긴 모습이었다.

"그 이름 입에 담지 마시오."

"뭐라?"

박현의 목소리가 날카로워지자 용왕 문무가 미간을 좁히며 박현을 쳐다보았다.

"그 이유, 잘 알 거라 믿습니다."

용왕 문무는 발끈하려다가 마음을 다스리려는 듯 눈을 감았다.

"그리하지."

용왕 문무의 목소리는 미약하나마 잠겨 있었다.

"앞으로 그의 이름을 입에 담지 않으마."

허나 이내 감정을 털어낸 듯 용왕 문무는 날카로운 눈빛으로 박현을 쳐다보았다.

"그걸로 우리의 인연을 털어내지."

그 말을 끝으로 용왕 문무의 분위기가 한층 날카롭게 바뀌었다.

더는 박현을 해태의 손주로 보지 않겠다는 뜻.

"너는 앞으로 어찌할 생각이냐?"

목소리 또한 쇳소리가 들릴 정도로 날이 드러났다.

"그게 그리 중요합니까?"

"짐에게는 중요하다!"

눈빛은 이글거리다 못해 타오르는 것만 같았다.

"본인은."

"……!"

"당분간 인간답게 살아볼까 합니다."

"……뭐라?"

절대자 천외천의 신이, 인간답게?

이해할 수 없는 말에 용왕 문무는 당황한 듯 반문했다.

"크하하하하하하!"

하지만 이내 대소를 터트렸다.

순간 해태의 말버릇이 떠오른 것이었다.

오욕칠정을 잃어 사는 재미가 없다고.

감정을 잃기 전에 좀 더 재미나게 살아볼 것을, 후회하던 해태가.

왕으로 태어나 천외천의 용왕이 되어서일까, 용왕 문무는 그의 말을 이해할 수 없었다.

"고귀한 피는 이해하지 못할 이야기네. 그러니 그 러려니 하시게."

의아한 표정이 지어지면 그때마다 해태는 너털웃음을 짓 곤 했었다.

"그를 닮은 건가? 아니면 그의 ……유언인가?"

용왕 문무는 해태의 이름을 입에 올리지 않았다.

"알아서 생각하시고."

용왕 문무는 후자라 여기며 고개를 끄덕였다.

"이 말을 전하러 온 것이오."

"무엇인가?"

"그러니 내 삶을 방해하지 마시오."

"방해?"

"그 자리를 탐하지 않을 터이니."

용왕 문무의 눈매가 가늘어졌다.

"그대는 그대 삶을, 본인은 본인의 삶을."

"짐은 짐의 삶을. 그대는 그대의 삶을?"

용왕 문무는 고스란히 되옮겨 물었다.

"그렇소."

"단순히 그 말만 듣고 짐이 믿을 수 있을까?"

"믿든 안 믿든. 본인은 인간의 호적이 남아 있어 당분간 그 이름으로 살아갈 테니까."

"인간으로 삶을 이어간다. 재미있군."

"나와 관련된 이들도 건들면 안 될 것이오."

용왕 문무는 박현을 빤히 쳐다보다 고개를 끄덕였다.

"애매하지만 그 정도의 조건이라면 충분히 용인해주지."

박현이 고개를 끄덕이며 막 몸을 돌리는데.

"허나 명심하라. 천외천이라도 같은 천외천이 아님을.

짐이 그대를 죽이지 못해 이러는 것이 아니다. 그에 대한 미안한 마음 때문임을 명심하라. 그러니 선을 넘지 마라. 짐의 위엄이 흔들린다면 짐은 그대를 죽일 것이니라."

그 말에 박현의 걸음이 멈췄다.

그리고 고개를 돌려 용왕 문무를 쳐다보았다.

"아, 그만 잊고 말하지 못한 것이 있습니다."

"⋯⋯?"

"큰형님이 전해달라고 하더군요."

비희.

"암전을 건들지 말라고."

봉황의 얼굴이 살짝 일그러졌다.

"그럼."

박현은 씨익 웃으며 다시 몸을 돌렸다.

봉황전이라 불렸던, 이제는 청룡전으로 바뀐 대전을 나온 박현은 잠시 걸음을 멈추고 고개를 돌려 전각을 올려다 보았다.

오래된 건물과는 어울리지 않는 새 현판이 눈에 들어왔다.

청룡전(靑龍殿).

이 건물이 뭐라고.

오욕칠정의 빈자리에 욕망이 가득 담기는 것인가.

자신도 감정이 사라지면 빈 자리에 욕망이 들어서 저 자리를 탐하게 될까?

솔직히 지금은 모르겠다.

'그래서.'

『편하게 살거라. 편하게. 이왕이면 오랜 시간 인간의 감정을 잊지 말고.』

해태가 남긴 마지막 말을 떠올렸다.

'하늘에서 지켜보신다 하셨지요?'

박현은 푸른 하늘을 올려다보았다.

'그래서 인간으로 다시 살아가 볼까 합니다. 오욕칠정이 사라지기 전까지 열심히 살아보렵니다.'

박현의 신형이 그 자리에서 사라졌다.

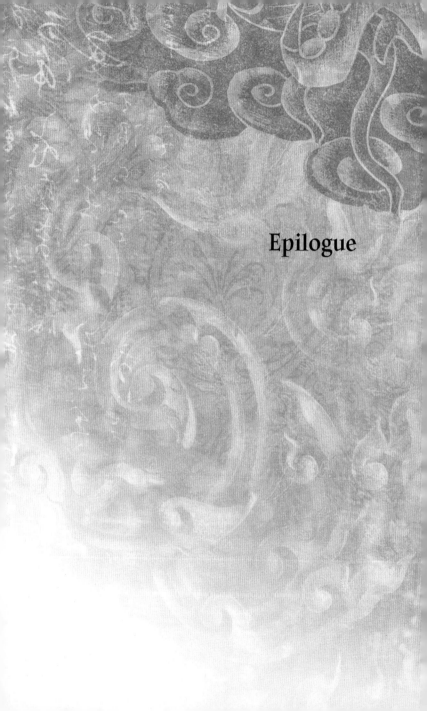

Epilogue

"네?"

경기남부지방 검찰청 안필현 총경은 느닷없는 전보에 너무 놀라 상사인 2부장 김필도를 쳐다보았다.

"뭘 놀라고 그래?"

"아니, 그래도 갑작스럽게."

"너 원래 가고 싶어 했잖아."

"가고 싶다고 갈 수 있는 건 아니지 않습니까."

"그렇긴 하지."

2부장, 김필도가 대답했다.

"그런데 관희가 자리 옮긴다는 소리는 못 들었는데요."

지능범죄수사대를 맡고 있던 안필현 총경은 친하게 지내는 광역수사대 김필도 총경을 떠올렸다.

불과 십여 분 전에 그와 담배 한 대 태우며 시시콜콜한 이야기를 나눴었다. 만약 자리를 옮긴다면 그때 이야기를 했을 것이 분명한데, 전혀 그런 낌새가 없었다.

"관희가 왜 자리를 옮겨?"

김필도 부장이 황당하다는 듯 되물었다.

"네?"

그에 안필현 총경은 당황했다.

"광역수사대 대장으로 가라면서요."

"야야! 너는 글씨도 못 읽냐? 제3광역수사대라고 적혀 있지, 광역수사대라고 안 적혀 있다."

그제야 안필현 총경은 전보 명령서를 다시 읽어보았다.

경황이 없어 훑어볼 때는 몰랐는데 분명 광역수사대 앞에 '제3' 이라는 글자가 적혀 있었다.

"제3이요? 제가 모르는 제2광역수사대도 있습니까?"

안필현 총경은 고개를 갸웃거리며 물었다.

"너도 모르는 걸 내가 알겠냐? 그리고 없어."

"네?"

이런 황당한 대답이 어디 있단 말인가.

"자, 여기."

김필도가 두툼한 서류를 안필현 총경 앞으로 툭 던졌다.

봉인된 서류에는 '1급 기밀' 붉은 도장이 찍혀 있었다.

"오늘 안으로 책상 정리하고."

"아니 번갯불에 콩 볶아 먹는 것도 아니고. 갑자기 이러시면. 뭘 좀 더 자세히 설명을 해주셔야죠."

"나도 몰라."

"네?"

안필현은 자꾸 반문을 할 수밖에 없었다.

"나도 자세한 건 몰라. 다만."

"……?"

"누구의 지휘도 받지 않는다는 거야. 독립적으로 움직인다고 하더라. 사무실도 이곳이 아니고."

"그럼 어딥니까?"

"경찰청 뒤 공터에 가건물 들어서는 거 알지?"

사실 공터라고 할 곳도 아니었다.

어거지로 빈 공간에 주차장 자리도 좀 침범하고 자판기 놓인 휴게 공간도 잡아먹고 해서 억지로 가건물 하나가 들어섰다. 위에서 누가 내려오네, 어느 팀이 가네, 저 팀이 가네 말이 많았지만, 딱히 명확한 소식은 없었다.

"알지요. 설마……, 거기입니까?"

"그래. 그것밖이 아니야."

"……?"

"기동대도 만들어진다고 하더라."

"기동대요?"

"중대급이다."

"흠."

"네 직속이 될 거 같다."

"네?"

"뭘 자꾸 '네' 긴 '네' 야?"

"말이 안 되니까 그러죠. 기동대가 일개 수사대 아래 편입된다고요? 부장님은 말이 된다고 생각하세요?"

잠시 놀란 표정을 지은 안필현 총경은 빠르게 말을 내뱉었다.

"말이 안 되지. 엄연히 하는 일이 다른 부서인데."

"허어―."

당연한 걸 왜 묻냐는 듯한 표정에 안필현 총경이 허탈한 소리를 삼켰다.

"뭐가 어떻게 돌아가는 겁니까?"

"부청장님도 모르는데 내가 알겠냐?"

그러더니 김필도는 주변의 눈치를 살피며 가까이 다가오라고 손짓했다.

"내 생각에는 말이다."

"예."

"뭔가 특별한 수사를 할 것 같아. 기동대까지 투입되는 걸 보면 분명 공권력이 상당히 필요한 중대한 건수가 있는 게 틀림없어."

"……."

"눈치를 보니까 형식상 서장님 지휘를 받는다지만 완전히 독립이야, 독립. 분명 드러내지 못할 큰 건이 분명해. 그러니까 이런 말도 안 되는 부서를 만들지. 그러니 가서 잘해라."

김필도는 손을 뻗어 안필현 총경의 어깨를 꽉 잡았다.

"너 인마, 땡 잡은 거야. 너만 잘하면 탄탄대로가 깔리는 거야. 알아들었어?"

김필도가 어깨를 두들기자 안필현 총경은 고개를 끄덕였다.

"그거 누구도 보여주지 말고, 혼자 봐."

"일단 알겠습니다."

안필현 총경은 경례를 하고 다시 자신의 자리로 돌아갔다.

그리고 한참이나 서류봉투를 쳐다보다 봉투를 열었다.

가장 먼저 눈에 들어온 것은 조직도였다.

자신이 대장.

그리고 팀 하나.

숭대닙 기농대 하나.

'……?'

그런데 기동대의 지휘권이 자신이 아닌 직속 수하인 팀장에게 있었다.

'뭐야 이거?'

이상하게 여긴 안필현 총경은 재빨리 다음 장으로 넘겨 팀장의 신원을 확인했다.

"허어—."

팀장의 인적사항을 본 안필현 총경은 그만 황당한 한탄을 터트렸다.

팀장 박현.

팀원 조완희, 서기원, 한설린, 비형랑, 최길성, 이선 화…….

특무기동대 1대장 암적.

〈1부 완결, 2부에서 계속〉

전생자

『죽지 않는 무림지존』『천지를 먹다』『마검왕』
베스트셀러 작가 나민채의 신작!

[시간 역행을 하시겠습니까?]
[모든 능력이 리셋 됩니다.]
[날짜를 선택 하여 주십시오.]

" 1985년 2월 28일. 내가 태어났던 날로. "

dream
books
드림북스

환생왕

ORIENTAL FANTASY STORY & ADVENTURE

요도/김남재 신무협 장편소설

정체를 알 수 없는 세력들에 의해
비참한 최후를 맞이한
천룡성(天龍城)의 후계자 천무진.
그런 그에게 찾아온 또 한 번의 삶.
그리고 그를 돕기 위해 나타난 여인 백아린.

"이번엔…… 당하지 않는다."

이젠 되돌려 줄 차례다.
새로운 용이 강호를 뒤흔든다!

dream
books
드림북스

사도연 판타지 장편소설

ORIGINAL FANTASY STORY & ADVENTURE

『용을 삼킨 검』, 『신세기전』 사도연 작가의 신작!

『두 번 사는 랭커』

여러 차원과 우주가 교차하는 세계에 놓인 태양신의 탑, 오벨리스크.
그리고 그곳에 오르다 배신당해 눈을 감아야 했던 동생.
모든 걸 알게 된 연우는 동생이 남겨 둔 일기와 함께
탑을 오르기 시작한다.

dream books
드림북스

수라전설 독룡
시니어 신무협 장편소설
ORIENTAL FANTASY STORY & ADVENTURE
"하나도 남김없이 모두 죽일 것이다.
놈들을 전부 죽일 때까지 절대로 끝내지 않아."
유구한 역사를 자랑하는 약문(藥門)들의 잇따른 멸문지화.
시체가 산처럼 쌓이고 피가 바다처럼 흐르는
절망의 지옥에서 마침내 수라(修羅)가 눈을 뜬다!
dream books
드림북스